KB042754

하이베른가의 대공자

하이베른가의 대공자 13 완결

초판 1쇄 인쇄일 2024년 6월 4일 | **초판 1쇄 발행일** 2024년 6월 12일

지은이 청루연 | **펴낸이** 곽동현 | **담당편집 팀장** 이범수
편집부 정요한 김승건

펴낸곳 (주)조은세상 | 출판등록 제2002-23호
주소 서울특별시 동작구 동작대로1길 27 5층
TEL 02)587-2966 | FAX 02)587-2922
E-mail bukdu@comics21c.co.kr

청루연ⓒ2023
ISBN 979-11-391-3153-6 | ISBN 979-11-391-1964-0(set)
값 9,000원

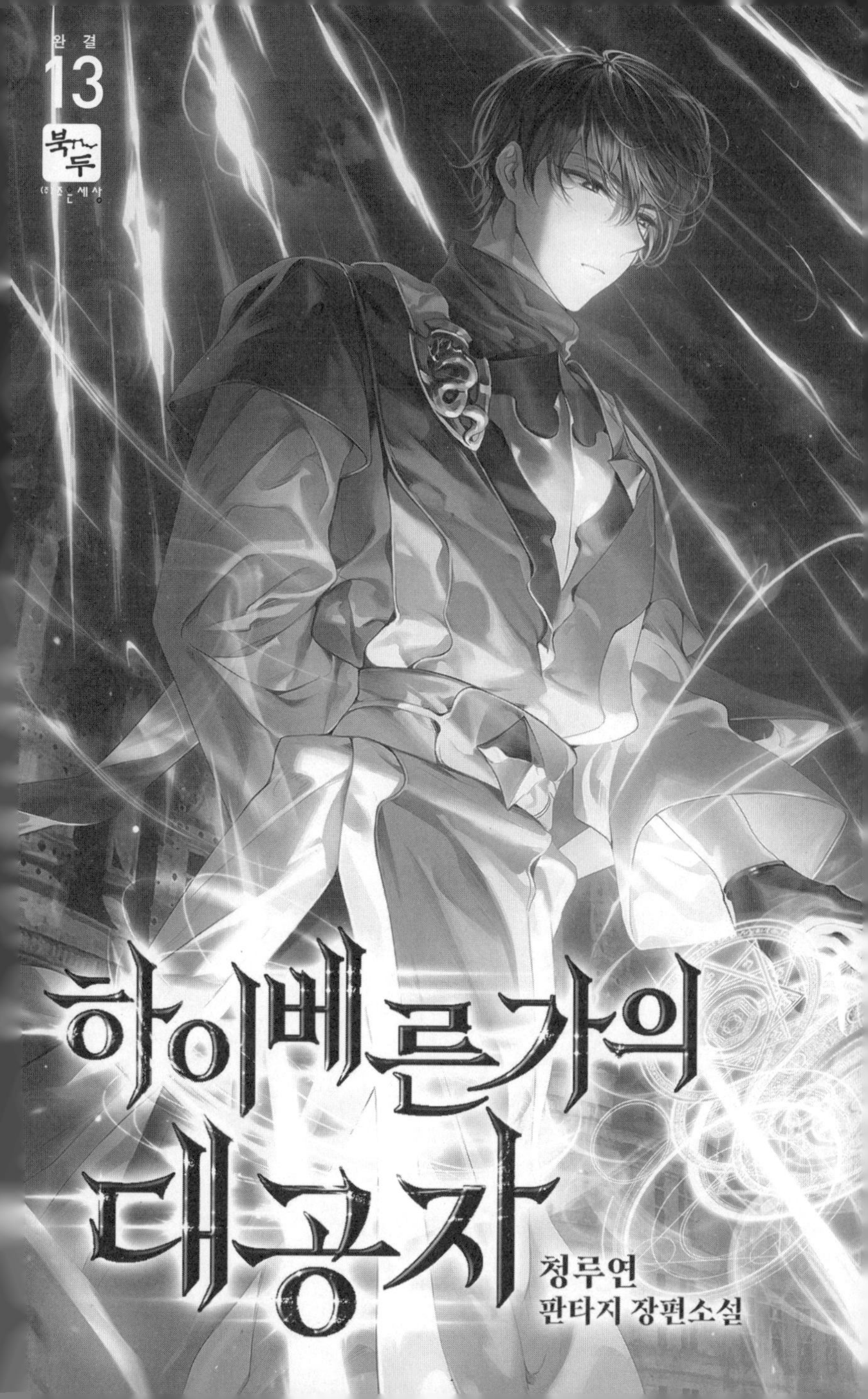
완결
13
북두
(주)조은세상
하이베르가의
대공자
청루연
판타지 장편소설

청루연 판타지 장편소설
FANTASY STORY

CONTENTS

Chapter. 91

엄청난 규모로 증축된 불사조 성의 성벽 위.

아공간 헬라게아에서 진네옴 투드라를 꺼내 배치를 마친 루인이 머나먼 남쪽을 응시하고 있었다.

그런 루인을 바라보고 있는 현자 다인의 두 눈은 착잡함으로 물들어 있었다.

현자의 이미지로 그려 낸 전황은 결코 만만하지 않았다.

베나스 대륙을 평정한 알칸 제국.

그러나 루인에 의해 새롭게 재편된 르마델의 전력은 실로 엄청난 수준이었다.

오히려 모국인 알칸 제국이 더 걱정될 지경.

그러나 그런 걱정은 루인도 마찬가지였다.

다름 아닌 현자 다인의 입에서 언급된 아칸베릴 아머의 존재 때문이었다.

테오나츠의 마도학자들이 연구하던 연금술을 마침내 성공시켰다면 알칸 제국은 이미 아칸베릴 아머의 보급을 끝마쳤을 것이었다.

미스릴 아머만 해도 엄청난 아티팩트거늘 무려 아칸베릴 아머를, 그것도 전군에 보급해 버리다니.

아칸베릴 아머의 마법 방호 등급은 무려 8등급이었다.

과거 왕립 무투대회 당시 크라울시스가 착용하고 출전하여 모두를 놀라게 했던 '천령의 안식'과 동일한 등급인 것이다.

마치 그건 마도학자로서 가장 위대한 명성을 구가했던 나스란의 걸작을 전군이 무장하고 있다는 뜻.

이는 루인의 전생에서는 결코 없었던 일이었다.

"당신의 말대로 정말 알칸이 아칸베릴 아머의 보급을 마쳤다면 이번 전쟁에 그 사실을 드러낼 것 같나?"

알칸 제국이 범용 아칸베릴 아머를 개발한 것은 최고 등급의 기밀.

"이번 전쟁을 단순히 국지전으로 판단했다면 아칸베릴 아머의 존재를 세상에 드러내지 않을 것이네. 하지만 전선에 배치된 그대의 마장기들을 확인하는 순간 생각이 달라지겠지."

아칸베릴 아머의 엄청난 마법 방호력은 마장기의 마력 포격에도 제법 높은 생존율을 보장할 것이었다.

더불어 마장기의 엄청난 강마력과 다중 코어로만 구현이 가능한 초질량 역전이나 무한 전류 증가, 절대 구속, 중공간 진동파와 같은 대규모 필드 마법을 모조리 상쇄할 수 있었다.

같은 마장기를 운용한다고 해도 알칸 진영은 피해가 현저히 적을 테지만 르마델 진영 쪽은 마장기의 포격과 필드 마법에 고스란히 타격을 입게 되는 셈.

더욱이 병력의 차이도 극심했다.

통상적으로 알칸 제국은 정복 전쟁 시 전투 병력만 최소 30만을 동원한다.

하지만 하이베른가의 모든 역량을 동원하고도 8만에 불과한 르마델. 거기에 왕실군이 합류한다고 해도 그 합은 고작 13만에 불과했다.

유일한 상대 우위는 마장기 전력.

알칸 제국의 마장기는 기껏해야 10여 기 남짓일 터였다. 미치지 않고서야 다른 모든 국경을 비울 리가 없는 것이다.

하지만 정말로 알칸 측이 아칸베릴 아머로 무장했다면 마장기 전력의 상대 우위란 그야말로 무의미해졌다.

정말 연금술로 그 귀한 아칸베릴 광석을 창조해 버리다니…….

루인은 그런 테오나츠 마탑의 저력이 새삼 놀라웠다.

자신을 진득하게 바라보고 있는 루인을 발견한 현자 다인이 소름이 돋은 표정으로 진저리를 쳤다.

"나, 나를 통해 아칸베릴의 제조 비법을 알아낼 생각이라면 그만두게. 테오나츠의 현자인 나조차도 접근할 수 없는 기밀이었네."

"전혀. 그럴 생각은 없어."

아칸베릴의 제조 비법을 알아낸다고 해도 곧 전쟁이 일어날 판국에 무슨 소용이 있겠는가.

기병용 창 하나를 새로운 효율로 개조하는 일만 해도 최소 수개월은 걸린다.

하물며 전군의 갑주를 변경한다는 건 일국의 제식(制式)을 혁파하는 일.

알칸 제국 역시 수십 년은 걸렸을 터였다.

아무리 자금이 많아도 시간이라는 절대성을 지닌 자원을 무시할 수가 없는 것이다.

'으음……'

물론 수성이라는 전략의 상대적인 우위, 드래곤들의 보조, 거기에 검은 비 전력까지 합세한다면 쉽게 뚫리진 않을 것이다.

문제는 아무리 이미지를 해 봐도 르마델의 피해도 만만치 않다는 것에 있었다.

전쟁이 일어나기 전에 해법을 찾아야 한다.

그렇게 루인이 복잡한 생각에 잠겨 있을 때 누군가가 성벽 위로 올라오고 있었다.

무심한 표정, 하지만 놀랍도록 정갈한 예기를 온몸에 품고 있는 자.

그리 친한 사이는 아니었지만 아군으로 맞이하는 수호자 드베이안은 루인의 마음을 든든하게 만들었다.

"오랜만이로군."

"여전하시군요."

십여 년이 흘렀지만 드베이안은 변함이 없었다.

여전히 몸짓 하나 흐트러짐이 없었고 특유의 헤아리기 힘든 투명한 눈빛 또한 그대로였다.

한데 성벽 위로 올라오고 있는 사람은 수호자 드베이안뿐만이 아니었다.

가장 선두에서 안내를 하고 있는 데인.

그런 데인의 뒤쪽에서 학부장 헤데이안, 마도학자 네레스, 근위 기사단장, 거기에 현자 에기오스와 베벤토 학장까지 차례로 등장하고 있었다.

르마델 왕국의 최고위 권력자들이 이렇게 한자리에 모인 것은 몇 번 없는 일이었다.

헤데이안을 향해 가볍게 목례를 하고 있는 루인.

물론 그것은 학부장을 공경하는 통상적인 예법이 아니었다.

유희체가 아닌 창세룡 카알라고스를 향한 고마움.

루인은 이번 전쟁에 일족을 동원하는 큰 결심을 해 준 그에게 진심으로 고마워하고 있었다.

성벽 위에 서 있는 거대한 진네옴 투드라의 위용을 한참을 감상하던 수호자 드베이안이 진중하게 입을 열었다.

"하이베른가의 전력이란 실로 엄청나군. 하지만 왜인가. 왜 이 엄청난 전쟁을 갑자기 벌이려는 것인가."

그것은 왕국을 지키는 수호자로서의 질문이었다.

루인이 정중한 예법으로 수호자에게 화답한다.

"르마델의 국익에 해가 되지 않는 전쟁입니다."

구겨지는 수호자의 얼굴.

좋은 전쟁, 옳은 전쟁이란 없다.

전쟁이란 왕국의 백성들, 그들의 생명을 담보로 하기 때문이다.

전쟁은 가장 많은 국력을 소모하는 정치적 결단이며 언제나 그 결심은 최후의 선택이어야만 했다.

이렇게 쉽게, 고작 한 가문의 의지에 의해 벌어져서는 안 되는 일이었다.

"국왕 전하께서는 알칸 제국을 비롯한 북부의 왕국들에게 친서의 전달을 명하셨네."

의외의 상황.

현재의 르마델 왕국은 하이베른가의 거대한 영향력 아래 귀속되어 있다고 해도 무방했다.

왕실의 정규군보다 일개 대공의 병력이 훨씬 많았으며 경제적으로도 베른 공작령이 나머지 모든 지역의 생산성을 아득히 압도하고 있었다.

정치적인 상황도 마찬가지였다.

왕실의 실질적인 권력자라 할 수 있는 1왕자 아라혼과 대역 왕비조차 하이베른가의 부름이라면 곧장 달려오는 것이 지금의 상황이었다.

그런 마당에 수호자가 하이베른가의 의지에 반하는 언사를 늘어놓는 것이었다. 그것도 왕명을 운운하며.

"선전 포고문이 아니라 친서라니…… 제가 제대로 들은 것이 맞습니까?"

수호자 드베이안이 대답 없이 진득한 눈빛만 빛내고 있을 때 베벤토 학장이 입을 열었다.

"누구보다 충의로우신 사자왕님과 영명하신 대공자께서 왜 이런 무모한 결심을 하신 건지 참으로 불가사의한 일이오."

베벤토 학장은 대공자 루인의 아카데미 생활을 심도 있게 관찰한 사람 중의 하나였다.

하이베른가의 대공자는 엄청난 마도적 재능을 지닌 마법 생도였지만 정작 가장 놀라운 것은 그가 구사했던 심계.

학부장을 비롯한 여러 교수들의 증언을 빠짐없이 보고받은 베벤토 학장은 그런 루인의 치밀한 심계에 놀라움을 금치 못했었다.

그런 대공자가 이런 무모한 전쟁을 벌이려 한다는 것이 베벤토 학장은 쉽게 납득되지 않았다.

"여러분들의 마음은 알겠습니다. 하지만 저는 아무런 직책도 위계도 없는 사람입니다. 저한테 이럴 것이 아니라 아버지께 가 보십시오."

아칸베릴 아머 문제만 해도 골머리가 아플 지경, 루인에겐 이들과 실랑이를 벌일 시간이 없었다.

"사자왕께선 이번 전쟁에 대해 별다른 말씀이 없으셨소. 그리고 왜 이러시오. 하이베른가의 정치적인 결단이 모두 대공자의 머리에서 나온다는 것을 이제 모르는 사람은 없소."

이미 대외적으로 하이베른가의 대공자는 데인이었다.

그럼에도 베벤토 학장은 그런 데인의 앞에서도 한사코 루인을 대공자라 부르고 있었다.

문제를 삼고자 한다면 충분히 할 수 있었지만 그러기엔 시간이 너무 부족했다.

"뭐, 당신에겐 그리 큰 문제도 아닐 텐데요? 아니 오히려 바라는 게 아니었나?"

악제군의 돌격대장 카젠과 더불어 가장 악마적인 명성을 구가했던 그 옛날의 군단장 베벤토다.

르마델의 멸망을 위해 누구보다 광적으로 피의 파괴를 일삼던 자가 이제 와서 새삼 르마델의 안위를 걱정하다니.

무슨 마음으로 자신에게 이런 말을 늘어놓는지는 알 수

없으나 루인은 역겨움에 구토가 치밀 지경이었다.

이 르마델 왕국에서 가장 마음을 읽을 수 없는 자.

1왕자는 불운하고 암울한 유년 시절이 있었고 아버지에겐 대공자라는 상처가 있었으나 저자에게는 악제의 군단장이 될 만한 그 어떤 이유가 없었다.

"말을 삼가시오. 대공자."

실질적인 권력은 덜할지 몰라도 사자왕 카젠, 수호자 드베이안에 버금가는 명성과 상징성을 지닌 존재.

대대로 가장 강한 기사가 학장을 맡는 르마델의 전통에 미뤄 볼 때 그는 여전히 수호자와 맞먹는 위상을 지닌 기사였다.

하지만 베벤토의 눈썹은 또 한 번 꿈틀거렸다.

묘하게 비틀려 있는 입매, 마치 가소롭다는 듯한 눈빛으로 대공자가 자신을 바라보고 있었기 때문.

"정말로 왕실의 뜻이 그렇다면 이번 전쟁은 하이베른가 단독으로 치른다. 어차피 1기뿐인 왕실의 마장기 따위야 없어도 그만. 또한 마도 지원과 왕실군의 합류도 모두 거부하지."

극도로 차가운 눈빛, 또한 대공자의 말투도 확연하게 바뀌었다.

당황하는 베벤토.

"이건 한낱 영지전 따위가 아니오. 아무리 하이베른이라지만 일개 가문이 어떻게 단독으로 알칸 제국을 막을 수 있단 말이오?"

루인이 헤데이안을 물끄러미 바라봤다.

"아직 전선 시찰도 안 했나?"

"공간 이동으로 도착하자마자 그대에게 온 것이네."

"그래서 이렇게 바보처럼 구는 거군."

더 이상은 지켜보기가 답답했는지 루인의 곁에 서 있던 현자 다인이 입을 열었다.

"지금 당신들의 전선에 이런 마장기가 몇 대나 배치되어 있는 줄은 알고 그런 소리를 늘어놓는 것이오?"

거대한 진네옴 투드라를 시선으로 가리키는 다인.

"이게 자그마치 57번째 마장기요. 그가 아공간에서 꺼내 배치하는 그 모든 광경을 내 직접 두 눈으로 확인했소."

루인이 의외라는 듯이 다인을 응시했다.

"뭐야? 이제 완전히 르마델로 전향하기로 한 거야?"

"어허! 그 무슨……!"

석상처럼 굳어져 버린 베벤토 학장.

좀처럼 감정을 드러내지 않는 수호자 드베이안도 얼굴에 놀라운 감정을 역력히 드러내고 있었다.

현자 에기오스가 창백해진 얼굴로 헤데이안을 쳐다봤다.

"그럼 자네가 건네준 그 명단이……!"

"그렇네. 이 르마델에서 오너 매지션이 가능한 최소한의 마도를 갖춘 마법사들을 추린 걸세."

"세상에⋯⋯!"

다시 퉁명하게 말하는 루인.

"그 인원으론 부족해. 세이지(Sage)들이 좀 도와줘야 하겠는데. 되겠어?"

헤데이안이 고개를 끄덕였다.

"그대의 뜻을 그들에게 전달하지."

"고마워."

갑자기 확 바뀐 태도의 대공자도 어이가 없었지만 그런 그와 맞장구를 치고 있는 헤데이안은 더 황당했다.

일국의 현자에게 저렇게 건방지게 굴고 있는데도 정말 아무렇지가 않단 말인가?

스르릉—

어느덧 수호자 드베이안이 엄중한 표정으로 검을 뽑아 루인을 겨누고 있었다.

"대공의 아들인 그대가 감히 왕명을 거절할 셈인가."

이어지는 루인의 무감한 음성.

"그 검. 치우는 게 좋을 겁니다."

드베이안은 대공자와 직접 물리적으로 충돌해 본 경험이 있었다.

따라서 루인의 실력에 대해 그만큼 잘 알고 있는 자도 드물었다.

그런 그가 이렇게까지 분노를 드러내는 이유.

바로 그것이 일국을 지켜 온 방패, 수호자의 본질이기 때문이었다.

드베이안은 눈앞에서 왕명을 거부한 이를 가만히 내버려 둘 위인이 아니었다.

루인의 투명한 눈이 자신을 향해 뻗어 있는 검을 바라보다 다시 드베이안을 향했다.

그의 두 눈은 목숨을 건 자의 결연한 눈빛이었다.

"후."

짧은 한숨.

기사로서의 무력이나 명성을 떠나 수호자는 반드시 필요한 사람이었다.

그는 르마델의 상징과도 같은, 기사들의 신망을 한 몸에 받고 있는 존재였다.

그를 잃는다면 기사들의 동요가 너무 컸다.

하는 수 없이 루인은 그동안 자신이 저지른 일들을 그에게 간략하게 설명했다.

"이미 전 닥소스가의 가주를 죽였습니다. 제 손에 쥐고 있는 이 검 또한 진 가문의 영검입니다."

순간 드베이안을 비롯한 모든 귀족들의 얼굴이 창백하게 질렸다.

동요하지 않고 있는 건 창세룡인 헤데이안이 유일했다.

"……사실인가?"

"이제 친서 따윈 소용없습니다. 오히려 교섭단의 죽음만 재촉할 겁니다."

정말로 대공자가 닥소스가의 가주를 죽이고 진 가문의 영검을 빼앗아 왔다면 그 어떤 외교적인 해법도 소용이 없을 터였다.

알칸 제국을 움직이는 두 가문에게 씻을 수 없는 모욕을 준, 사실상의 선전 포고를 이미 던진 셈.

"대체 왜……."

대공자는 망상을 믿거나 거짓을 꾸며 내는 사람이 아니다.

드베이안은 대체 루인의 의중이 무엇인지를 헤아릴 수가 없었다.

"무언가를 얻을 가능성이라도 있을 때 결심하는 것이 전쟁이오! 이번 전쟁으로 우리 르마델이 무엇을 얻을 수 있소?"

강력하게 반발하고 있는 사람은 베벤토였다.

그런 그의 말은 당연한 것이었다.

국경에 방벽을 치고 버틴다는 것은 결국은 국력의 낭비만을 강요하는 소모전.

전쟁을 결심한 측이 영토를 차지하려 드는 것이 보통인데, 저 대공자는 전쟁을 일으키기 위해 명분을 스스로 만들면서도 오직 방어전만을 대비하고 있었다.

인간의 역사 이래 이런 멍청하고도 해괴한 전쟁은 없었다.

"강력한 내성."

"내성……?"

베벤토는 황당하기 짝이 없었다.

왕국의 병사들에게 고작 경각심을 일깨워 주기 위해 알칸 제국과 전쟁을 벌이자고?

"이 바보 같은 전쟁을 사자왕께 따질 것이오!"

루인의 시선은 머나먼 창공을 가르고 있었다.

저들의 눈에는 아무런 명분도 실리도 없는 전쟁일 테고, 그런 전쟁을 벌이려는 자신이 한심해 보이는 건 당연하다.

제대로 설명할 수 없어 가슴이 답답했다.

대마도사의 현실이 외로웠다.

지금 이 전쟁이 얼마나 중요한지를 목 놓아 외치고 싶었다.

고작 알칸 제국을 막지 못한다면 악제군은 더더욱 상대할 수가 없다.

또한 인류군 전체가 힘을 합쳐야 희망이라도 생긴다.

그리고 그런 인류를 하나로 묶는 가장 효과적인 방법은 압도적인 힘을 실제로 경험해 보는 것이었다.

이 방벽을 뚫기 위해 각국은 모든 수단과 방법을 가리지 않을 것이다.

루인은 각국이 숨겨 둔 비장의 무기와 전란 속에서 성장하는 영웅들의 등장을 마주하고 싶었다.

악제군이 등장하기 전, 진정한 인류의 역량을 모두 파악하여 하나로 모으고 싶었다.

그때.

우우우우우웅—

찬란한 금빛 파동, 거대한 생명체의 실체가 드러나기 시작한다.

학부장 혜데이안, 아니 창세룡 카알라고스는 그렇게 수천 년 만에 자신의 본체를 드러내고 말았다.

펄럭.

인간의 시야에 담기지도 않는 거대한 동체.

황홀한 황금빛으로 찬란한 두 날개가 가득 펼쳐지자 성벽의 절반 이상이 어두워졌다.

경악하고 있는 르마델의 귀족들.

거대한 크기를 마주한 원초적인 두려움, 그들은 하나같이 강자였으나 그 마음속에 굴종과 경배가 본능적으로 피어났다.

그야말로 압도적이었다.

역사서에서 묘사하고 있는 그 어떤 드래곤의 성체(成體)도 이 정도로 거대하진 않았다.

과연 창세룡, 첫 인간 사히바와 그 격(格)을 나란히 하는 존재.

그는 오늘부로 학부장 혜데이안이라는 유희체를 완전히 포기했다.

그것이 그에게 얼마나 큰 희생인지를 루인은 모르지 않았다.

고마웠다.

그가 무슨 마음으로 자신의 본체를 드러냈는지를 이미 느끼고 있었기 때문이다.

〈나 카알라고스, 고대로부터 이어 온 창세의 뜻에 따라 르마델과 하이베른가의 전쟁을 도울 것이다. 이는 영세토록 이어질 조율의 신념이며 드레키아 일족의 무너지지 않는 맹세이다.〉

신비로운 마력의 운율, 하늘을 공명하고 있는 카알라고스의 용언(龍言)은 실로 아름다웠다.

비로소 루인은 드래곤들을 향한 지난 생의 모든 오해를 풀 수 있었다.

"혀, 형님……!"

데인도 함께 전율하고 있었다.

가문의 수호룡인 백룡 비세리스마가 살아 돌아온 것만 같은 기분을 그 역시 느끼고 있었기 때문이다.

"드, 드레키아라면……."

쉴 새 없이 떨리고 있는 베벤토의 목소리.

그것은 드래곤 일족 전체를 뜻하는 고대의 언어였다.

그런 드래곤 일족 전체가 한 국가의 전쟁을 지원한 예는 역사 어디에도 존재하지 않았다.

"위대하신 존재시여! 그게 정말이십니까?"

현자 에기오스는 평생을 함께 경쟁해 온 헤데이안의 존재를 머릿속에서 말끔하게 지웠다.

마도에 몸을 담고 있는 마법사라면 눈앞에 현신한 마법의 조종(祖宗)을 경배하지 않을 수가 없었다.

그렇게 그는 누구보다도 희열에 찬 표정으로 격동하고 있었다.

〈마법사 에기오스여. 맹약이란 본디 돌이킬 수가 없다. 그대는 우리 드레키아 일족이 지켜 온 명예를 인정하지 않겠다는 것인가.〉

"아, 아닙니다!"

최대한의 예를 담아 수인으로 화답하던 에기오스가 고개를 숙이며 물러났다.

심각한 표정으로 침묵하고 있던 수호자 드베이안이 천천히 입을 열었다.

"그대는 정말 괴물이군."

도합 60여 기에 가까운 마장기의 존재만으로도 미스터리였다.

그것으로도 모자라 저 엄청난 드래곤 일족의 협력까지 이 끌어 내다니…….

알게 되면 알게 될수록 대공자 루인의 존재는 르마델의 축 복이자 동시에 재앙이었다.

과연 이런 자가 적국의 귀족이었다면 어떤 상황이 펼쳐졌 을지 드베이안은 상상만으로도 끔찍했다.

지금까지 침묵을 유지하고 있던 마도학자 네레스도 들뜬 마음을 숨기지 못하고 있었다.

"마장기 57기와 드래곤 일족의 도움, 하이베른 공작령의 북부 병력과 왕실의 지원까지 합세한다면……."

침을 삼키는 네레스.

"충분히 가능합니다! 아니 이 정도라면 북부 왕국 전체와 싸워도 해볼 만합니다!"

그런 네레스를 바라보며 황당하다는 듯이 웃고 있는 사람 은 현자 다인이었다.

루인의 모든 것을 지켜본 자신으로서는 방금 그가 언급한 모든 것을 합치더라도 저 대공자 한 사람의 존재가 더욱 거대 하게 느껴졌기 때문.

루인의 초월 마도, 진정한 초월자의 경지를 한 번이라도 마 주한 사람은 모두 자신과 같은 심정이리라.

그런 다인의 심정을 대변하듯 루인이 초월자의 잿빛 권능 을 드러냈다.

대마도사의 광대무변한 권능이 성벽 밖으로 보이는 머나
먼 구릉 지대 너머로 무한히 뻗어 나갔다.

르마델의 최고 강자들이 그 광활하고 거대한 권능을 느끼
지 못할 리가 없었다.

"이, 이건……."

좀처럼 동요를 드러내지 않는 드베이안조차 경악하고 있
었다.

루인이 몸소 보여 주고 있는 잿빛 권능은 상위 초인의 끝자
락에서도 결코 경험할 수 없는 경지.

아니, 이건 정신 수련에서조차 떠올려 보지 못한 경지였
다.

충격을 받은 듯 드베이안이 격동하며 몸을 부르르 떨었다.

"자네…… 설마 이것이…….."

가히 재해와 같은 거대한 기운.

대마도사의 초월적인 권능 앞에서, 전쟁을 수행하는 모든
인마(人馬)가 부질없다고 여겨질 지경이었다.

"초월입니다."

대공자의 확고한 대답.

드베이안에겐 앞선 모든 것보다 지금이 가장 큰 충격이었
다.

저 어린 나이에 초인만으로도 살이 떨려 올 정도로 놀라운
데 전설과 신화에서나 존재하는 초월자라니.

하나 그런 드베이안만큼이나 놀란 존재가 있었으니 그는 바로 창세룡 카알라고스였다.

〈……두려움이 치밀어 오를 정도로 가공하도다. 과연 이 카알라고스조차도 장담할 수 없구나.〉

카알라고스는 일족의 운명을 내어 준 자신의 판단이 틀리지 않았음을, 아니 오히려 최고의 판단이었다는 것에 안도하고 있었다.

빛의 대척점인 어둠(黑暗)은 만물을 아우르는 공포를 상징하는 법.

그 역시 초월자의 경지에 이른 인간을 몇 차례 겪어 보긴 했지만 루인은 뭔가 다르게 다가왔다.

창세룡의 기나긴 생애.

한 인간의 권능에 이렇게 압도당하는 느낌이 드는 건 정말이지 오랜만이었다.

"허……."

에기오스는 자신의 두 귀를 의심하고 있었다.

다름 아닌 저 위대한 존재가 아무렇지도 않게 장담할 수 없다는 말을 하는 것이 너무 충격적이었기 때문.

그것도 그 평가의 상대가 한낱 인간이었다.

에기오스는 대공자 루인을 믿을 수 없다는 눈으로 바라보고 있었다.

"이제야 닥소스가의 가주를 처단하고 진 가문의 영검을 빼앗아 왔다는 자네의 말이 조금 현실적으로 들리는군."

두근거리는 가슴, 온몸에 치미는 전율을 도저히 주체할 수 없는 드베이안.

"친서는 어떻게 할 것입니까."

일국의 수호자, 그 고결한 드베이안이 망설임 없이 국왕의 친서를 꺼내 찌이익 찢어 버린다.

"이 드베이안이 국왕께 목을 내어놓도록 하지."

정중하게 목례하는 루인.

"결의에 감사드립니다."

이내 에기오스가 질세라 목청을 드높였다.

"마탑의 지원을 두 배! 아니 동원할 수 있는 모든 것을 내어 주겠네!"

그의 말은 지금의 상황을 진정한 전시 체제로 인정하겠다는 선언이었다.

하지만 루인은 그렇게까지 극단적인 상황까진 원하지 않았다.

마탑이 전시 체제로 작동한다면 왕립 아카데미에도 휴교령이 떨어지기 때문이었다.

"그럴 필요 없습니다. 지금 수준의 마도 지원으로도 충분합니다."

"음? 정말 가능하겠는가?"

무려 13만에 달하는 대병력이 동원됐다.

전쟁이 얼마나 길어질지 모르는 상황에서 그런 대병력을 운용하려면 엄청난 후방 지원을 필요로 했다.

"괜찮겠는가? 지금 수준의 마도 지원으로는 한 달도 못 버틸 텐데."

루인은 이왕 보여 준 김에 확실하게 믿음을 주고 싶었다.

르마델의 중추라 할 수 있는 주요 인물들의 마음을 하나로 묶는 것은 무엇보다 중요했다.

츠츠츠츠츠—

쭈욱 하고 공간이 찢어지며 거대한 헬라게아의 내부가 드러난다.

수인을 맺어 발광 마법을 시전한 루인이 이내 아공간의 내부를 비추었다.

"보시다시피 최소 석 달 치의 군량과 식수, 그 외의 잡다한 보급품들을 모두 제가 보관하고 있습니다."

모든 마장기가 빠져나간 거대한 아공간 내부.

그곳에 산처럼 쌓여 있는 상자와 원통들을 바라보며 르마델의 귀족들은 입을 다물지 못하고 있었다.

이게 정말 현실이 맞단 말인가?

상황이 이 지경에 이르니 오히려 알칸 제국 측이 측은해질 지경이다.

문득 드베이안은 의문이 들었다.

"대체 알칸 제국이 자네에게 무슨 잘못을 저질렀기에……?"

잠시 고민하던 루인이 다시 입을 열었다.

"가장 큰 나라란 게 죄죠. 어떻게 싸움을 걸어도 날뛸 게 뻔하니까."

◆ ◇ ◆

"대공자님! 급보입니다!"

다시 알칸 제국으로 침입하기 위해 막사에서 분주하게 움직이고 있던 루인이 자신을 찾아온 기사를 쳐다봤다.

"무슨 일이지?"

"……구, 국왕께서 서거하셨습니다!"

"뭐……?"

루인은 손에 들고 있던 지도를 떨어뜨릴 정도로 놀라고 있었다.

갑자기 케튜스 왕이 죽다니?

최소 10년 동안은 왕가를 지켰어야 할 그가 지금 죽는다는 건 말이 안 되는 일이었다.

시점이 일러도 너무 일렀다.

"백성들이 모르는 병환이라도 있으셨나?"

"아닙니다! 정정하셨습니다! 불과 작년까지만 해도 몸소 주요 귀족들을 이끌고 사냥에 나서셨을 정도입니다! 하물며 이제 막 20대의 연세지 않습니까?"

굳은 표정의 루인이 빠르게 밖으로 나가려고 할 때 카젠이 루인의 막사를 찾아왔다.

"그대는 이만 나가도 좋다."

"충!"

루인이 상석을 양보하자 카젠이 사자검을 내려놓으며 심각한 표정으로 입을 열었다.

"들었느냐."

"예. 아버지. 뭐가 어떻게 돌아가고 있는 겁니까?"

망설임 없이 대답하는 카젠.

"암살이다."

"……암살이요?"

소스라칠 정도의 불길한 기운이 루인을 휘감는다.

어느덧 카젠은 작은 양피지 두루마리를 루인에게 건네고 있었다.

서둘러 양피지를 열어 보던 루인의 눈빛이 폭풍처럼 흔들렸다.

그곳엔 '그림자'가 활동을 재개했다는 간략한 문장과 그들이 이번 암살의 배후라는 증거의 나열, 그리고 발신인의 서명이 있었다.

발신인은 다름 아닌 소드 힐의 노인 제롬이었다.

"수신인이 내가 아닌 너였다. 제롬이 누구더냐?"

"제가 병을 회복하자마자 가문으로 찾아와 절 죽이려 했던 그 소드 힐의 노인입니다."

"음? 그분께서?"

루인의 얼굴은 더욱더 심각하게 굳어 있었다.

원래의 역사대로라면 케튜스 국왕은 악제군 제17군단장 아라혼에 의해 폐위되고 처형된다.

오히려 그의 죽음보다 르마델의 멸망이 더 빨랐던 것이다.

악제를 추종하는 광신도 집단 '너울거리는 그림자'가 본격적으로 활동을 시작한 건 지금보다 훨씬 후의 일.

이건 치명적인 변수다.

너울거리는 그림자가 자신들의 존재를 세상에 알리며 가장 먼저 저질렀던 사건.

그것은 바로 베나스 대륙의 모든 국왕들을 암살하는 일이었다.

"……다른 왕국에서 날아든 소식은 없습니까?"

"다른 왕국이라면 어디를 말하는 것이냐?"

"베나스 대륙에 존재하는 모든 국가입니다."

하이베른이라는 거대한 가문을 경영하고 있는 카젠이었다.

그런 그가 루인의 질문에 담긴 함의를 알아차리지 못할 리가 없었다.

"그럼 설마……?"

"너울거리는 그림자는 악제를 추종하는 광기의 집단입니다. 그들이 활동을 시작했다는 건, 우리 르마델에서 벌어진 일들이 다른 모든 왕국에서도 동일하게 벌어졌다는 뜻입니다."

"허……."

베나스 대륙의 무수한 왕국들이 일시에 왕을 잃는다?

가히 상상조차 하기 힘든 일이었다.

"대체 그 목적이 무엇이길래?"

"갑작스런 국왕의 서거는 거대한 권력의 공백을 의미합니다. 준비되지 않은 왕의 죽음은 반드시 피를 동반하는 정쟁(政爭)을 부르지요. 예외는 없을 겁니다. 인간이란 원래 그런 법이니까요."

"혼란……."

"예. 전에 없는 혼란입니다. 정적을 제거하기 위해 군대를 동원하는 왕족들이 부지기수로 늘어날 겁니다. 각국의 귀족들도 각자의 이해관계에 따라 영지전을 벌이겠죠. 인간들은 스스로 베나스 대륙을 유린할 겁니다."

우려되는 것은 각국의 내전뿐만이 아니었다.

모든 국가들은 내전으로 국력이 막심하게 소모될 것이고, 이는 절묘하게 맞아떨어져 온 힘의 균형이 깨어진다는 뜻이었다.

당장 르마델이 속한 북부의 왕국들만 해도 연합 간의 힘의 균형이 깨어지면 곧바로 전쟁이 일어난다.

인간이 벌여 온 전쟁의 역사를 살펴볼 때 명분이나 이익은 부차적인 문제였다.

전쟁은 한쪽의 힘이 지나치게 약해지거나 강해질 때 일어난다.

그것이 바로 전쟁의 역사, 인간이라는 종(種)의 본성이다.

"……그런 일이 실제로 일어났느냐?"

아들의 지난 삶, 회귀에 대해서는 늘 조심스럽게 언급했던 카젠이었지만 도저히 묻지 않고는 견딜 수 없는 심정이었다.

하지만 의외로 루인은 담담하게 대답하고 있었다.

"예. 그렇게 대륙 전쟁이 일어났었지요. 패왕 바스더가 일으켰던 정복 전쟁이나 마왕군과의 전쟁보다 훨씬 더 잔혹하고 처절했습니다. 그렇게 베나스 대륙의 모든 국가들이 자멸을 선택했을 때 군단(軍團)이 먹구름처럼 닥쳤습니다."

카젠이 기사를 자처하는 이상 화가 불같이 치밀지 않을 수 없었다.

그토록 어처구니없는 자멸이라니!

루인의 말대로라면 악제라는 자는 사실상 다 차려진 만찬을 게걸스럽게 즐긴 셈이다.

"무서운 일이구나."

너울거리는 그림자.

카젠은 적성국에 침입한 정보원들의 첩보 활동이 얼마나 위험하고 어려운 임무인지를 잘 알고 있었다.

대부분의 국가들은 수많은 고위 트랩과 엄청난 가드 병력을 운용하며 철저하게 방비하고 있었다.

특히 몇몇 국가의 감시 자산은 도저히 뚫지 못할 정도로 치밀하고 단단했다.

당연히 국왕의 암살이라는 희대의 임무를 완성하려면 높은 수준의 정보력과 치명적인 무력, 주요 인물들의 회유가 필수적이었다.

한데 그런 엄청난 임무를 모든 국가에서 동시다발적으로 완수한다?

그동안의 준비가 얼마나 치밀하고 철저했을지, 그들의 역량은 또 얼마나 뛰어날지 감히 상상도 되지 않았다.

"막아야 한다 루인!"

루인은 이글거리는 아버지의 눈동자를 말없이 바라보고 있었다.

군단의 돌격대장으로서 수많은 왕국을 유린했던 카젠이었다.

이렇게 아버지를 변화시킬 수 있었던 자신의 삶, 그 일을 가능하게 해 준 동료들의 희생에 새삼 감사했다.

"아버지, 원래대로라면 너울거리는 그림자의 암살 사건은 십여 년 후에 일어났어야 할 사건입니다."

루인의 말이 의미하는 바는 명확하다.

너울거리는 그림자 같은 철저한 집단이 급하게 임무를 앞당겼다는 것은 그만한 이유가 생겨났다는 뜻.

카젠이 눈빛을 번뜩였다.

"대공자 루인. 너로구나."

비틀린 입매로 웃고 있는 자신의 아들을 바라보며 전율이 치밀고 있는 카젠.

"지금은 전쟁의 징후가 명백한 상황이지요. 그것도 알칸 제국이 나서는 전쟁입니다. 그들은 한 국가가 일정 지역을 평정하는 것을 원하지 않습니다. 힘이 압축되는 것을 두려워하지요."

분명 상황은 심각하게 돌아가고 있는데 루인의 얼굴에는 긴장감이 점점 사라지고 있었다.

물론 그 역시 처음에 국왕 암살의 소식을 들었을 때는 당황스러웠다.

하지만 제롬의 서찰을 받은 후에는 오히려 안개가 말끔하게 걷히는 기분이었다.

예측대로였다.

이제는 대마도사의 계획을 조금 수정하는 일만 남았다.

그때 소에느가 막사에 들어왔다.

"오라버니, 여기 계셨군요."

"어서 오너라."

급하게 자리에 앉는 소에느의 얼굴은 제법 초췌한 상태였다.

가문의 고문은 행정 명령(Executive Order) 분야를 모두 총괄하는 직책.

전시는 재정 투입과 행정 명령이 수도 없이 반복되는 고된 상황이었다.

"무슨 일이냐?"

"급하니까 간략하게 보고드리겠어요. 레스만과 비오즈 일대의 국경이 심상치 않아요."

"레스만과 비오즈?"

르마델 남부의 기다란 국경 지대는 알칸 제국뿐만 아니라 다른 북부 왕국과도 근접하고 있었다.

레스만과 비오즈는 또 다른 북부 왕국인 굴레(Gule) 왕국과 크란디아(Krandia) 왕국과의 접경지대였다.

루인이 눈을 빛냈다.

"혹시 굴레와 크란디아의 국경 수비대가 자취를 감춘 건가?"

놀라는 소에느.

"어떻게 알았어?"

루인이 대답 없이 생각에 잠겨 버리자 카젠이 다시 소에느를 향해 채근했다.

"계속 보고하라."

"아…… 처음엔 시야 왜곡 트랩을 광범위하게 설치하길래 그러려니 하고 있었는데, 며칠 전부터 길드의 상인들에게서 이상한 소리가 들려왔어요."

"이상한 소리?"

"네. 굴레와 크란디아 측에서 계약 해지를 통보해 왔다고 하더군요."

굴레와 크란디아 왕국은 그들의 수도 왕성과 거리가 상당했다.

때문에 대부분의 물자를 현지에서 조달하고 있었는데, 상인 길드에 계약 해지를 통보했다는 말은 물자가 더 이상 필요하지 않다는 뜻이었다.

"이미 그들은 오래전부터 둔전을 준비해 왔다. 혹 둔전의 성과가 아니더냐?"

둔전이란 군대가 자체적으로 운용하는 경작지.

"아뇨. 이미 그들의 둔전을 모두 살피고 오는 길이에요. 노역하는 농부들도 없어요. 또 그런 작은 규모로는 삼천 명의 국경 수비대를 유지할 수가 없어요."

"으음……."

"더 결정적인 건 마도 지원으로 도착한 마법사들의 증언이에요. 그들의 요새에서 흘러나오고 있는 마력이 약해지고 있다더군요. 특히 강마력 파동이 사라졌대요."

"강마력 파동?"

"마장기나 골렘의 핵(核)에서 발산되는 특유의 파장이에요. 국경 수비군이 운용하고 있다면 반드시 흘러나올 수밖에 없거든요."

카젠의 얼굴이 당황함으로 물들었다.

병력은 그렇다 치더라도 마장기와 골렘까지 철수했을 가능성이 있다니?

그때 루인이 침묵을 깼다.

"레스만과 비오즈 일대의 국경을 담당하고 있는 가문은 시오드가(家)와 베틴가(家)입니다."

"시오드와 베틴이 정쟁에 휘말렸다는 말이냐?"

"지금의 굴레 왕가는 왕자가 없습니다. 세 공주뿐이지요. 뻔한 상황입니다. 주요 대신들이 자신의 아들을 공주와 혼인시킨 후에 섭정으로 나서려고 할 겁니다. 그리고 크란디아는ㅡ"

"됐다. 더 들을 필요도 없구나."

크란디아 왕국은 굴레 왕국보다 더한 상황이었다.

즉위한 지 고작 2년 남짓인, 이제 16세에 불과한 어린 왕에게 후손이 있을 리가 없었다. 분명 왕의 삼촌들이 세를 끌어모으고 있을 터였다.

"그야말로 대륙에 광기(狂氣)가 닥쳤구나."

가장 중요한 국경 지대의 마장기까지 회수하는 일은 권력에 미쳐야만이 할 수 있는 짓이다.

앞으로 얼마나 엄청난 혼란이 닥쳐올지 카젠은 짐작조차

할 수 없었다.

그때 루인이 자리에서 일어났다.

"어디에 가는 것이냐?"

"알칸입니다."

"알칸?"

루인에겐 다른 모든 국왕보다 아렐네우스 황제의 생사가 가장 중요했다.

대마도사의 계획에서 그는 반드시 필요한 인물이었다.

"알칸의 황제까지 죽었다면 끝장입니다. 우리의 준비가 모두 무용지물이 되니까요. 아직 죽지 않았다면 반드시 막아야 합니다."

멍한 얼굴의 소에느.

알칸 제국의 군대가 쳐들어오지 않는다면 오히려 반가워해야 할 일이다.

한데 대공자는 오히려 전쟁이 닥치지 않는 것을 걱정하고 있었다.

"급한 건 우리도 마찬가지야. 대역 왕비가 어떻게 나올지를 예상할 수가 없어."

그런 소에느의 걱정에 그제야 카젠은 자신이 무엇을 놓치고 있는지를 깨달았다.

"우리 르마델은 누굴 왕으로 세워야 하느냐?"

씨익 웃는 루인.

"이제 놈에게 약속을 지킬 때가 온 거죠."

"놈?"

"1왕자 아라혼을 즉위시킵니다. 이 일은 아버지와 고모가 직접 왕성에 가서 진두지휘하세요. 그리고 대관식에서 녀석이 받을 것은 왕관과 더불어 홀입니다."

"뭐?"

벌떡 일어나는 소에느.

홀, 셉터가 의미하는 것은 바로 황제(皇帝)다.

카젠이 눈을 크게 뜨며 되묻고 있었다.

"황제국을 천명하자는 말이냐?"

"네. 녀석을 황제로 만들어 주기로 약속했거든요."

막사 밖으로 걸음을 옮기던 루인에게서 무심한 목소리가 다시 들려온다.

"그리고 성곽 증축을 모두 멈추세요."

"그건 또 무슨 소리냐?"

씨익.

"제가 돌아오면 르마델과 하이베른가는 정복군으로 전환합니다."

루인은 믿어 의심치 않았다.

국왕 암살 사건을 당겨 일으킨 것이 악제의 가장 치명적인 실수가 될 거라는 것을.

Chapter. 92

-끄으으으…… 주인님! 여기까지가 제 한계입니다!

절규하듯 애원하고 있는 아므카토에게 루인은 잠시 임무
중단을 명령했다.

"일단 쉬어."

-가, 감사합니다!

도합 3천 마리의 곤충.

아므카토의 기나긴 생애에서 이처럼 많은 수의 벌레와

감각을 공유한 예는 없었다.

아므카토의 신경과 감각을 공유하고 있는 루인 역시 밀려 드는 정보량으로 인해 뇌가 아찔하다 못해 터져 버릴 지경이 었다.

"후……."

덕분에 얻은 것은 저 멀리 보이는 알칸 제국의 황궁, 칸드 리나(Kandrena)의 모든 것이었다.

성의 지형과 구조, 함정 트랩의 위치와 병력 상황, 각종 구 조물의 쓰임새, 상하수관의 위치 등의 물적 정보.

주요 대신들의 동선과 일정, 기사들의 훈련 상황과 가드들 의 교대 순번, 특히나 가장 중요한 황제의 생사 등의 인적 정 보까지 완벽하게 수집된 것.

'아렐네우스는 죽지 않았다.'

루인은 안도하고 있었다.

저 거대한 칸드리나 내부 어디에서도 황제의 죽음을 유추 할 만한 단서는 존재하지 않았다.

만약 황제가 죽었다고 해도 공식적으로는 공표되지 않은 것이다.

-루인, 혹시 묘한 위화감이 느껴지지 않느냐?

그렇게 안심하고 있는 루인에게로 오히려 쟈이로벨은 걱정을 늘어놓고 있었다.

물론 루인은 그런 쟈이로벨의 성격을 잘 알고 있다.

그 어떤 마계의 군주보다도 의심이 많은 마신이 바로 쟈이로벨이다.

그의 인식 속에 황성 칸드리나는 인간계에서 가장 위험하다고 할 수 있는 장소.

한데 방비가 허술해도 너무 허술했다. 규모가 크다는 것을 제외한다면 사실상 르마델과 별반 다를 것이 없었다.

"그래. 마치 날 초대하고 있는 것 같군."

뭔가 지나치게 평화롭다.

칸드리나가 운용하고 있는 정보 조직의 규모와 역량을 미뤄 볼 때, 그들도 분명 닥소스가와 진 가문에서 벌어졌던 일들을 파악하고 있을 것이다.

전설 속에서나 등장하는 초월자의 출현은 마장기와는 비교조차 할 수 없는 파괴력을 지닌다.

그렇게 적성국에서 유일 기사급의 초월자가 출현했다는 사실을 알고도 평상시의 방비를 유지한다는 건 꽤 인상적인 일이었다.

-네놈은 그냥 초월자가 아니라 대마도사다. 자신들의 공간 이동 포탈(Portal)로 언제든지 침입할 수 있는 대마도사의 능력을 이미 진 가문에서 드러내지 않았느냐.

"그랬지."

-그래서 불길하다. 제국이 그냥 제국이겠느냐? 이건 정상적인 반응이 아니다.

그것은 수만 년 동안 절대적인 마신들과 전쟁을 벌이며 성장해 온 쟈이로벨의 감(感).

그의 초자연적인 육감 덕분에 몇 번이나 목숨을 구했던 경험이 있었기에 루인은 그런 쟈이로벨의 말을 무시할 수 없었다.

하지만 루인은 황제를 반드시 만나야만 했다.

그를 만나 담판을 짓는 건 이번 생의 핵심 분기점이다.

그의 협력만 이끌어 낼 수 있다면 악제와의 일전은 한결 수월해진다.

"난 황제를 만나야 해."

-지금에 와서 그게 무슨 의미가 있느냐? 이미 넌 제국의 기둥이라 할 수 있는 두 가문의 원수가 됐다. 황제라 하나 그는 두 가문의 영향력에서 자유로울 수 없는 존재. 한데 그런 그가 네 뜻대로 움직일 성싶으냐?

치밀하고 합리적인 루인의 모습만 지켜봐 온 쟈이로벨이었다.

알칸 제국과 전쟁이 발발할 것이 확실한 상황에서, 굳이 황
제를 만나 뭘 하겠다는 건지 쟈이로벨은 아무리 생각해도 이
해할 수 없었다.

본인 스스로가 이미 알칸 제국과의 전쟁을 각오하고 있다.

전쟁의 당사자 간에 협상이란 오직 휴전밖에 없었다.

"네가 모르는 게 있다."

-뭐라……?

지난 생 루인은 아렐네우스의 마지막을 기억하고 있었다.

단 한 명의 생존자라도 찾기 위해 폐허가 된 라 알칸을 수
색하던 인류 연합군.

타 버린 재처럼 죽어 가던 아렐네우스 황제가 마지막으로
남긴 말.

표표히 떠도는 구름을 한 차례 바라보던 루인이 결심한 듯
이를 깨문다.

파아아아아앙!

공간을 압축하며 나아간 루인이 거대한 잿빛 권능을 일으
켜 그대로 성문을 파괴한다.

콰아아아아아앙!

이 칸드리나에는 자신을 막을 어떤 수단도 존재하지 않았
다.

상대방이 초대를 하고 있다면 응해 주면 그만, 그것이 대마도사의 방식이었다.

황실의 경비대가 성문의 잔해 더미를 넘으며 일제히 자신을 에워쌌다.

그러나 그렇게 포위만 할 뿐 그들에게 별다른 반응은 없었다.

역시 예상대로다.

이들은 자신의 방문을 이미 알고 있었다.

루인이 웃으며 기사들을 향해 말했다.

"이제야 날 초대한 당사자가 파악되는군. 그의 명령대로 날 안내해."

확신하지 못하고 있었는데 이제야 모든 것이 확실해졌다.

경비대장으로 보이는 자가 나서며 루인을 향해 목례했다.

"기다리고 있었습니다. 안으로 드시지요."

무려 제국 황궁의 성문을 부쉈는데 모든 기사들이 무기를 거둔다.

이를 지켜보던 쟈이로벨이 황당해했다.

ㅡ대체 뭐가 어찌 돌아가는 상황이냐?

루인은 굳이 쟈이로벨에게 설명해 주지 않았다.

어차피 곧 알게 될 것이다.

어쨌든 지금 이 순간이 바로 황제가 살아 있다는 가장 확실한 증거였다.

저벅저벅.

무너진 폐허가 아닌, 멀쩡한 알칸의 황궁을 보는 건 루인으로서도 처음이었다.

북부 대륙 특유의 호방한 건축 양식을 자랑하는 첨탑들이 내부에 빼곡하게 자리 잡고 있었다.

저 멀리 더욱 정교하게 진화된 디스트럭션 캐논 두 기가 보였고, 알칸 제국의 또 다른 자랑거리라 할 수 있는 유도 공성 병기 '켈티온'이 성곽을 따라 길게 늘어서 있었다.

강화 마력탄을 목표 지점까지 유도할 수 있는 켈티온은 유일하게 알칸 제국에서만 운용되고 있는 희귀한 공성 병기였다.

그 외에는 특별한 것이 없었다.

오히려 온갖 방비로 살벌했던 진 가문보다 더 허술해 보일 지경이었다.

"제가 안내할 수 있는 건 여기까지입니다. 이곳에 입장하시면 또 다른 안내인이 마중 나와 있을 겁니다."

"그러지."

별다른 의심 없이 성내로 진입하는 루인.

그를 알고 있는 사람이라면 그 광경이 꽤 이질적으로 보일 것이다.

매사에 치밀하게 대비하고 의심하는 마법사가 갑자기 무성의하게 적의 의도대로 움직여 준다는 것.

그래서 쟈이로벨이 이토록 당황해하고 있는 것이었다.

-바보 같은! 네놈이 아무리 초월자라고 해도 여긴 알칸 제국의 심장이다! 어떻게 생각 한 번 해 보지도 않고 이 위험한 곳으로 들어가느냐!

루인은 그런 쟈이로벨에게 대꾸도 하지 않으며 마중 나온 안내인을 쳐다보고 있었다.

'비디미르.'

제국의 두뇌, 비디미르.

왜소한 체구, 저 작은 머리를 지닌 이가 바로 희대의 천재라고 알려진 비디미르다.

이 거대한 제국의 체계를 움직이는 자.

또한 그는 아렐네우스 황제에게 헤볼 찬의 칭호를 헌정한 장본인이기도 했다.

루인 역시 대륙을 경영하는 알칸 제국의 백년대계가 모두 저 작은 머리에서 나왔다는 것을 잘 알고 있었다.

"황제는 어디에 있지?"

비디미르의 어깨가 미세하게 떨린다.

마치 모두 예상하고 있다는 듯한 루인의 태도에 그도 놀란 것이다.

그러나 그는 제국의 핸드답게 이내 냉정한 표정을 회복했다.

"기다리고 있었습니다. 어서 오십시오."

루인의 표정이 금방 흥미로 물든다.

"마치 날 알고 있는 눈치군."

비디미르는 태연하게 자신이 알고 있는 것을 늘어놓았다.

"8년 전 실종되었던 하이베른가의 대공자. 르마델의 실질적인 최고 권력자. 닥소스가의 가주를 살해하고 진 가문의 영검을 탈취한 초월 마도사. 셀 수 없는 마장기의 주인. 아직은 그 정도군요."

마치 마음에 든다는 듯 피식 웃고 있는 루인.

"정보가 단편적이군. 좀 더 노력해야겠어."

"말 그대로 '아직은'입니다."

"그래. 가지."

마력 계단이 지이잉 하고 움직이기 시작했다.

사실 루인은 비디미르에 대해 그다지 많은 것을 알지는 못했다.

지난 생, 그 역시 황제보다 앞서 실종되었던 인물이다.

하지만 그 이후에도 그는 악제군에도 저항군에도 나타난 적이 없는 자였다.

인류 연합군은 그가 너울거리는 그림자에 의해 암살되었다고 최종 판단했었다.

"……왜 그러셨습니까?"

루인이 저지른 일은 비디미르에게도 참을 수 없는 의문이었다.

아무리 생각해 봐도 그와 르마델에게 아무런 이익이 없는 행동이었기 때문.

슬며시 웃던 루인이 질문에 질문으로 화답했다.

"어떻게 암살을 막았지?"

이번에도 비디미르는 속내를 숨기지 않았다.

"너울거리는 그림자 말씀이십니까."

"역시 황제의 능력 때문인가?"

비로소 비디미르는 경악했다.

이 거대한 알칸 제국 내에서도 극소수만 알고 있는 사실, 그야말로 최대의 기밀을 이 외국의 대공자가 태연하게 언급하고 있었기 때문이다.

"대체 어떻게……?"

쿵.

마력 계단이 멈추었다.

어느덧 루인과 비디미르는 내성의 최상층에 다다라 있었다.

루인은 저 멀리 거대한 황제의 의자를 물끄러미 바라보고 있었다.

헤볼 찬.

저 무시무시한 안광을 빛내고 있는 노인이야말로 이 거대한 제국에서 신성(神性)으로 추앙받고 있는 존재.

아무리 이방인이라고 해도 아렐네우스 황제의 압도적인 실물을 영접한다면 살아 있는 신을 마주한 것처럼 엎드릴 것이다.

하지만 불행하게도 루인은 대마도사였다.

저벅저벅.

묵묵히 걸어간 루인은 산처럼 우뚝 솟아 있는 황제의 자리를 올려다보고 있었다.

"직접 보니 어때? 당신의 꿈 그대로인가?"

아렐네우스 황제의 미간이 가늘게 좁혀졌다.

"틀림없구나."

자신이 꾼 꿈에서 나온 대사와 한 치도 다르지 않다.

미래시(未來視).

알칸 황가의 직계 혈통들은 수준의 차이가 있긴 하지만 하나같이 미래를 보는 능력을 지닌 채로 태어난다.

그것이 바로 막강한 진 가문과 닥소스가 사이에서 굳건하게 버틸 수 있었던 근본적인 역량.

또한 그들이 강력한 신성(神性)을 유지하는 비결이자, 이 거대한 제국을 탄생시킨 원초적인 힘이었다.

"대체 그대는 어떤 존재인가?"

단 한 번도 마주친 적이 없는 적성국의 대공자가 제국 최고의 기밀이라 할 수 있는 알칸 황가의 능력을 알고 있는 이유.

아렐네우스 황제는 그것이 미칠 듯이 궁금했다.

"그냥저냥 귀동냥으로 좀 들었지."

황제의 미간이 더욱 거칠게 구겨졌다.

인간이라는 종의 한계를 돌파한 초월자에게 신분의 고하를 따져 묻는다는 것은 우스운 일.

그러나 오랜 세월 신성으로 군림하던 황제의 자아가 그런 루인의 건방진 말투에 본능적으로 거부감을 느끼는 것이다.

"많이 불안하지?"

아렐네우스 황제가 꿈으로 본 건 여기까지.

이후에는 어떤 강력한 기시감에 의해 땀에 흠뻑 젖은 채로 깨어났었다.

"무엇이 말인가."

"당신의 미래시. 이제 예전 같지가 않잖아."

미래를 보는 능력을 지닌 자가 가장 궁금해하는 것.

"언제부터지? 꿈에서 당신의 죽음을 보지 못한 것이?"

"……."

그 순간 황제는 온몸을 떨고 있었다.

루인이 예의 새하얗게 웃었다.

"그 능력. 다시 원래대로 회복하고 싶지 않아?"

어느덧 아렐네우스 황제가 거대한 황금 의자에서 일어나 루인을 내려다보고 있었다.

이내 옥좌 아래 펼쳐진 기다란 계단을 천천히 내려오기

시작하는 황제.

그가 루인의 지근거리까지 걸어왔을 때 로열 가드의 대장이 눈을 빛내며 그를 막아섰다.

"더는 안 됩니다. 폐하."

여기서 저 이방인에게 더 접근한다면 황제의 안전을 담보할 수 있는 최소한의 거리가 무너진다.

황제의 곁을 지키고 있는 자들은 하나같이 제국의 출중한 기사들이었지만 그런 로열 가드들에게도 한계는 있었다.

"비켜라. 함부로 짐을 죽일 자가 아니다."

"폐하……!"

루인이 로열 가드 대장을 향해 이죽거렸다.

"충직한 건 좋지만 상대를 파악하는 눈을 좀 더 길러야겠군. 내가 마음만 먹는다면 저 황제가 이 홀의 어디에 있든 죽일 수 있다. 그럴 생각 없으니까 물러나."

그런 루인을 죽일 듯이 노려보는 로열 가드들.

핸드 비디미르가 급히 수신호를 보내온다.

그제야 로열 가드들이 각자의 검을 회수하며 뒤로 물러났다.

루인의 시선과 담담히 얽히고 있는 아렐네우스 황제.

대알칸 제국의 황제가 일개 이방인 따위와 동등한 눈높이로 마주친 예는 역사에 없는 일이었다.

"혹시 그대는 사람의 마음을 읽는가?"

언제부턴가 꿈에서 자신의 죽음을 보지 못하고 있는 사실은 제국의 핸드인 비디미르에게조차 말하지 않은 일.

분명 황제인 자신 이외에는 아무도 모르는 일이었다.

사람의 마음을 훔쳐보는 초능(超能)이 있는 게 아니라면 그런 사실을 알고 있다는 건 설명될 수가 없었다.

"뭐 비슷해."

루인의 대답에 아렐네우스 황제의 얼굴에 더욱 복잡한 빛이 떠올랐다.

사람의 마음을 읽는 이가 존재하다니.

그것은 틀림없이 미래시(未來視)에 버금가는 능력이었다.

"짐의 혈족 이외에 그런 초능이 가능한 사람이 존재하다니 믿을 수가 없군. 가히 무서운 일이구나."

미래를 보는 예지력은 알칸 황가가 존재할 수 있었던 근원이다.

다가올 불운과 재액을 미리 막아 주어 사람을 모으고 굴복시켜 온 것이 알칸 황가의 역사인 것이다.

하물며 사람의 마음을 읽는다니!

그런 존재가 있다면 어떤 치밀한 간계도 통할 수가 없다.

"원하는 것이 무엇인가."

분명 상대는 자신의 미래시가 다시 온전해질 방법을 알고 있다는 듯이 말했다.

그 말은 황가를 존속시킬 힘, 황제의 목숨을 구해 준다는 의미였다.

그런 일에 아무런 보상을 바라지 않는다는 건 일반적이지 않았다.

"잠시. 그 전에 확인해야 할 것이 있다."

루인은 죽어 가던 황제의 마지막 말을 떠올리고 있었다.

배신자.

죽어 가던 그 역시 짐작만 하고 있을 뿐 확신하지 못하고 있었다.

"저 차. 누가 타 준 거지?"

"차……?"

어느덧 루인의 시선은 저 멀리 보이는 황제의 협탁에 고정되어 있었다.

"몽마(夢魔)의 타액은 레그렐 종족의 예지력을 약화시키지. 당신의 저 찻잔에는 그런 몽마의 타액이 소량 함유되어 있다. 누군가가 조금씩 지속적으로 당신에게 먹이는 거다."

"……!"

황제 아렐네우스는 루인에게 마음을 읽는 초능이 있다는 말을 들었을 때보다 더 놀라고 있었다.

자신이 오랜 기간 몽마의 타액을 먹고 있었다는 것도 놀라웠지만, 지금 이 이방인이 레그렐 일족을 언급한 건 극도로 심각한 사안이었다.

신비의 하이엘프 중에서도 최고위 계층에 속하는 극소수의 종족 레그렐.

알칸 황가의 첫 모계가 바로 그런 레그렐 일족이었다.

만약 하이엘프와의 혼혈이라는 알칸 황가의 실체가 외부에 드러나면 그날로부터 황제의 신성(神性)은 완벽하게 무너지게 된다. 사실상 알칸 황가의 종말을 의미하는 것이다.

상대가 알칸 황족 전체를 몰락시킬 수 있는 자라고 생각하니 아렐네우스는 그야말로 아득해졌다.

이내 그가 루인을 향해 더없이 진중하게 물었다.

"주위를 물려도 되겠는가?"

"듣는 귀를 걱정하는 거라면 신경 꺼. 이미 음파를 차폐하는 마력 결계를 주위에 쳤으니까."

"으음……."

"아무튼 당신의 주위에 배신자가 있다는 뜻이야. 편하게 말해 봐. 짐작 가는 사람이 있나?"

아렐네우스 황제는 그런 루인을 이해할 수 없다는 듯이 바라보고 있었다.

자신이 먹던 차에 몽마의 타액이 섞여 있다는 사실을 파악했다면 그건 자신의 마음을 들여다본 것이 아니었다.

틀림없이 배신자나 협력자의 마음을 들여다보고 판단했을 텐데 그걸 왜 자신에게 묻고 있단 말인가?

"몽마의 타액은 마계와 끈이 닿아 있어야 구할 수 있는 비약이야. 특히 몽마들은 자신의 타액을 아무에게나 내어 주지 않아. 배신자가 최소 마왕(魔王), 혹은 마신(魔神)과 협력하고 있다는 뜻이지."

"……마신?"

루인이 무시무시한 존재를 언급하자 아렐네우스의 얼굴이 더욱 창백해졌다.

"당신도 알겠지만 마왕급 이상의 고위 존재와 협력할 수 있는 인간은 극히 드물어. 그리고 그런 인간은 반드시 튀어나온 못처럼 눈에 띄게 마련이지. 게다가 마계의 물건을 이 인간계로 직접 가져올 정도라면 그건 높은 마도를 보유한 고위 마법사란 뜻이야. 차원을 연결하는 시공 마법은 결코 쉽지 않아."

루인의 설명이 거듭될수록 아렐네우스는 점점 더 당황하기만 했다.

마왕이나 마신과 협력하고 있는 흑마법사가 탄생했다면 자신을 찾아올 것이 아니라 테오나츠 마탑을 찾았어야 했다.

"난 마도를 보는 눈이 없네. 테오나츠의 현자들을 소집하겠네."

"그만둬. 그랬다간 숨어 버릴 테니까."

"아니……."

"누구도 아닌 오직 당신과 내가 알아내야 해. 당장 저 비디미르를 믿을 수 있나? 그렇게 확신해?"

아렐네우스가 멍하게 비디미르를 응시하고 있었다.

뛰어난 제국의 두뇌이자 자신과 가장 가까운 핸드(Hand)였지만 그를 완벽하게 믿을 수 있다는 말은 감히 할 수 없었다.

"당신도 어지간하군. 핸드를 확신하지 못하다니."

배신감과 외로움에 치를 떨며 죽어 가던 과거의 황제가 생각나 루인의 눈빛은 어느덧 음울해져 있었다.

황제가 그런 역사를 반복하기 싫다면 반드시 생각해 내야 한다.

루인은 더욱 황제를 채근했다.

"잘 생각해 봐. 시간이 없어."

그러나 아렐네우스에게 별다른 진전은 없었다.

황궁에 구름처럼 모여든 대신들의 면면을 모두 알고 있는 것도 아니고, 또 의심하기 시작한다면 사실 그들 모두가 의심의 대상이었다.

루인이 한숨을 내쉬며 다시 입을 열었다.

"후…… 잘 들어. 앞으로 당신이 겪게 될 미래를 얘기해 주지. 당신의 체내에 몽마의 타액의 농도가 진해지면 결국 몽마가 당신을 집어삼키게 될 거야. 예지 능력이 사라지는 걸 걱정할 수준이 아니라 자아가 잡아먹힌다는 거다. 몽마의 꼭두각시가 되는 거지."

상상만으로도 끔찍한 일이었다.

거대한 알칸 제국을 경영하는 신성한 황제가 자아를 잃고 꼭두각시가 된다는 말은 결국 이 제국이 누군가의 손아귀에 송두리째 들어간다는 뜻.

"이미 그 일은 상당히 진행됐을 거다. 당신의 미래가 보이지 않는 것도 바로 그 때문이지."

아렐네우스는 온몸을 떨고 있었다.

그때, 마력 계단이 떠올라 있는 아치형 입구에서 바람이 빠지는 소음이 들려왔다.

피슈우우우욱.

황제의 홀에 도착한 것은 다름 아닌 커다란 비행정이었다.

이내 제국의 수많은 고위 대신들이 비행정에서 차례로 내려왔다.

그들은 곧장 아렐네우스 황제를 향해 엎드리며 소리쳤다.

"폐하!"

"무사하시옵니까!"

"감히!"

몇몇 대신들은 황제를 마주 보고 서서 당당하게 시선을 마주하고 있는 루인을 향해 노기를 터뜨리고 있었다.

음파 차폐를 해제한 루인이 그들 하나하나를 차례대로 바라보고 있었다.

아는 얼굴이 몇 명 보이긴 했지만 대부분 자신이 모르는 인물이었다.

"황제가 마시는 차에 수작을 부리는 일은 고위 대신이 아니고선 불가능해. 그 말은 지금 이 자리에 있을 공산이 크다는 뜻이다."

"……"

"반드시 찾아내. 내가 해 줄 수 있는 건 여기까지다."

그 말을 끝으로 루인은 황제의 뒤편으로 자리를 옮긴 후에 입을 굳게 다물었다.

루인은 아렐네우스 황제를 믿고 있었다.

제국의 신성으로 군림하는 존재라면 이 정도 위기쯤은 스스로 타파해야만 했다.

천천히 황제의 위엄을 되찾아 가는 아렐네우스.

이어 터져 나온 황제의 목소리는 실로 놀라웠다.

"짐의 차에 몽마의 타액을 탄 자가 누구더냐."

루인의 얼굴이 이내 황당하게 굳어진다.

틀림없이 저들 중에서는 드높은 마도(魔道)를 보유한 현자도 있을 것이다.

이런 자리에서 몽마의 타액을 언급해 버린다면 황제 스스로가 황가의 혈통에 얽힌 비밀을 밝히는 것이나 다름없었다.

"그게 무슨 말씀이옵니까……?"

대신 중 하나가 고개를 들며 물어 온다.

아렐네우스의 눈빛이 타는 듯한 열광(烈光)으로 물들었다.

"감히 짐의 차에 삿된 마물의 타액을 탄 이가 있느니. 이에 대해 아는 자가 있다면 서슴없이 고변토록 하라."

누군가가 천천히 일어났다.

허리까지 늘어져 있는 기다란 미염.

그는 누가 봐도 드높은 마도를 품고 있는 고위 마법사였다.

"폐하, 몽마의 타액은 마계에 속한 물질이옵니다. 함부로 인간계에 드나들 성질의 것이 아니거니와, 그런 시도를 한 흑마법사가 존재한다고 해도 테오나츠의 감시망을 피할 수는 없사옵니다."

몇몇 대신들이 함께 일어나며 거들었다.

"설마 저 무례한 이방인의 말만 듣고 그러시는 것이옵니까! 이 페이란은 폐하의 영명이 흐트러질까 두렵사옵니다!"

"그렇사옵니다 폐하! 이는 틀림없는 적성국의 이간질이옵니다! 부디 저 사악한 자의 불순한 의도를 헤아리시옵소서!"

루인의 그런 대신들을 향해 이죽거리고 있었다.

죽을 것처럼 발광하는 그 꼬락서니가 가소로웠기 때문.

물론 저들의 대부분은 결백하겠지만, 이 중에 황제의 배신자가 있을 거라는 확신은 더더욱 진해졌다.

침묵하고 있는 자들.

오히려 루인은 기를 쓰고 항변하고 있는 자들보다 그들에게 더욱 집중하고 있었다.

루이즈가 함께 왔다면 더 좋았겠지만 지금으로선 대마도사의 직감을 믿어 볼 수밖에 없었다.

"다시 묻겠느니."

모든 대신들이 황제를 향해 집중하고 있을 때.

"짐이 마시는 차에 몽마의 타액을 탄 자를 안다면 망설임 없이 고변하라."

충격을 받은 듯한 대신들.

황제의 행동은 자신들보다 저 이방인의 말을 더 믿는다는 뜻이었다.

"폐하!"

"폐하!"

그때, 아렐네우스가 놀라운 행동을 했다.

"게드 공."

로열 가드의 대장이 검을 곧추세우며 벼락처럼 화답한다.

"충!"

"저들을 차례로 베어라."

로열 가드의 대장 게드의 눈빛이 폭풍처럼 흔들린다.

"신명(神命)이다."

알칸 제국의 황제가 지닌 신성(神性)의 명령.

그것은 알칸 제국의 지엄한 황법보다도 드높은 절대명령이었다.

"……충!"

촤아아아악!

첫 번째 희생자는 몽마의 타액에 대해 설명했던 현자였다.

어떤 항변도 하지 못한 채로 단숨에 목이 잘린 그를 대신들이 멍한 눈빛으로 바라보고 있었다.

이내 찾아온 것은 황제를 향한 극한의 공포였다.

"폐, 폐하!"

"마, 말도 안…… 크아아아악!"

가장 강력하게 항변하던 페이란의 가슴이 쩌억 하고 갈라진다.

분수처럼 쏟아지는 피를 흠뻑 맞은 게드는 곧장 기계적으로 검의 방향을 틀었다.

"끄아아아아아!"

후드드드득.

그렇게 황제의 홀에 지옥이 펼쳐졌다.

순식간에 벌어진 참극.

루인이 당황해하며 아렐네우스 황제를 불러세웠다.

"잠깐! 무슨 짓이야 갑자기!"

황제의 느릿한 시선이 루인을 향한다.

"이런 걸 원하는 게 아니었는가?"

"아무리 그래도 아직 배신자가 누군지도 모르는 상황에서 막무가내로 죽이는 건 좀 아니지 않나?"

대신들 앞에서 대놓고 몽마의 타액을 운운할 때부터 어째 싸하더라니.

루인이 미간을 구기고 있을 때 다시 황제가 말했다.

"짐에 대해서 많이 아는 것처럼 굴더니 그건 또 아니었군."

루인은 자신을 직시해 오는 황제의 눈빛에 섬 함을 느꼈다.

거대한 제국의 황제다운 기백과 풍모, 그리고 잔인무도한 성정이 고스란히 그의 눈빛에 드러나 있었다.

중소 왕국이라면 함부로 주요 대신들을 처단할 수가 없다.

사람을 죽이는 건 간단한 일일 테지만 유능한 대신을 대체할 수 있는 인재는 한정적이기 때문이다.

이런 잔인무도한 짓은 오직 넘치는 인재를 보유한 알칸 제국의 황제만이 할 수 있는 결정.

"짐을 말릴 요량이라면 이 일은 그대가 해결하라. 물론 결정은 그대의 몫이다."

루인이 이를 뿌득 갈았다.

가만 보니 지금 황제는 자신을 시험하고 있었다.

저들 중에는 인류 연합군에서 혁혁한 공을 세워 영웅이 될 자가 있을지도 모른다.

루인은 주도권을 황제에게 내주는 한이 있더라도 뛰어난 역량을 지닌 제국의 대신들을 모두 죽게 내버려 둘 순 없었다.

"그만! 알았다! 내가 하지!"

"게드 공. 멈추어라."

촤아아아악!

피에 굶주린 악마처럼 대신들을 베어 넘기던 로열 가드의 대장이 태산처럼 멈춰 섰다.

그의 전신에서 흘러나오고 있는 가공할 투기의 폭풍이 홀 전체를 가득 메우고 있었다.

"흠!"

죽음의 춤사위에서 살아남은 대신들이 시꺼멓게 변한 얼굴로 일제히 주저앉았다.

그들은 처참하게 짓이겨진 희생자들을 망연자실하게 바라보고 있었다.

이미 루인은 두 눈을 감은 채로 이미지에 빠져든 상태였다.

가치관과 성향과 같은 개인적인 특성에 대해 아무것도 모르는 상황에서 배신자를 색출한다는 건 매우 어려운 일.

어떤 인적 정보도 없는 상황에서의 추론이란 실제로 별다른 효력이 없기 때문이었다.

하지만 그렇다고 대마도사의 마인딩이 의미가 없는 것은 아니었다.

색출할 방법은 이미 떠올랐다.

물론 그전에 마무리 지을 것이 있었다.

루인이 다시 황제를 쳐다봤다.

"당신의 말대로 배신자는 내가 색출하지. 그러나 그전에 이것부터."

츠츠츠츠츠츠—

헬라게라를 소환한 루인은 이내 공간의 틈을 열어 검과 로브를 꺼내 황제에게 내보였다.

새겨진 룬 문양을 따라 말라붙은 피가 덕지덕지 붙어 있는 새하얀 로브.

로브에는 성자(聖者)의 완전무결함을 상징하는 십자가와 고풍스러운 고대의 언어로 새겨진 서사시가 빼곡히 자리 잡고 있었다.

"알아볼 수 있겠나?"

더없는 충격으로 굳어져 버린 아렐네우스 황제.

저 한 쌍의 로브와 검은 틀림없는 성자 아스타론의 로브와 성검이었다.

그는 하이엘프들의 왕, 레그렐의 순혈이면서도 인간을 위해 스스로를 희생한 위대한 영혼이었다.

시공의 폭풍을 열어 도저히 막을 수 없었던 마왕 발락카스와 함께 미지의 차원으로 빨려 들어간 성자 아스타론.

순간 루인의 무심한 눈에서 기광이 일렁였다.

"이 아스타론의 유물은 레그렐 일족의 힘을 강화시키지."

그의 말대로였다.

레그렐 일족의 세력이 약해진 건 아득한 고대로부터 내려오는 저 로브와 검이 성자와 함께 사라져 버렸기 때문.

사실 저 검과 로브는 성자의 유물이 아니라 레그렐 일족의 보물이었던 것이다.

"난 이 유물이 당신의 약화된 힘을 회복시킬 거라 확신하고 있다."

이 일은 루인이 성자 아스타론의 유물을 확보했던 그 순간부터 계획했던 일.

이내 황제의 두 눈에 진득한 탐욕이 피어난다.

레그렐 일족을 이끄는 왕만이 취할 수 있었던 유물을 혼혈인 자신이 취한다?

예지력의 회복은 물론, 어쩌면 순혈만큼의 신성한 능력을 갖게 될지도 모르는 일이었다.

"그 유물을 짐에게 양도할 셈인가?"

"몇 가지 조건이 선행되어야겠지."

드디어 상대가 본색을 드러냈다.

황제의 눈빛이 광기로 번들거린다.

상대가 성자 아스타론의 유물을 저울대에 올린 이상 무게추를 맞추지 않을 수가 없었다.

아렐네우스 황제가 입맛을 다시며 고개를 끄덕였다.

"르마델과의 전쟁은 없었던 것으로 하지."

"응? 아 그건 오해야. 난 전쟁을 막자고 온 게 아니라고. 준비한 대로 그대로 우리에게 쳐들어오면 돼."

"뭐라……?"

아렐네우스는 당연히 루인이 휴전을 요구할 줄 알았다.

한데 오히려 쳐들어오라고 하다니?

르마델이 미치지 않고서야 어떻게 대알칸 제국과 총력전을 벌일 생각을 하는 것인가?

"진심인가?"

"어. 한번 제대로 붙어 보자고. 길고 짧은 건 대 봐야 알거든."

이건 마치 선전 포고를 해 오는 것만 같은 기분.

황제가 진중한 눈빛으로 다시 루인을 바라본다.

"그러지. 짐 역시 최선을 다해 그대의 르마델과 자웅을 겨루겠다."

"기대하고 있지."

싱긋 웃고 있는 르마델의 대공자.

도무지 속을 알 수 없는 인물이었다.

한데 이어 들려온 대공자의 음성이 황제를 더욱 당황시키고 말았다.

"내 첫 번째 조건은 아칸베릴의 조합법이다."

조용히 듣고 있던 대신들의 눈빛이 일변했다.

적성국의 대공자에게서 제국 최대의 기밀이 흘러나왔기 때문.

"무슨 말을 하는지 모르겠군."

제국의 황제답게 필사적으로 당황한 기색을 숨기고 있었지만 루인은 찰나처럼 흔들리던 그의 동공을 이미 봐 버렸다.

츠츠츠츠츠—

시커먼 아공간이 내려와 성자 아스타론의 유물을 집어삼킨다.

이어 루인이 사악하게 웃었다.

"거래를 하기 싫다는 뜻으로 알아듣지."

"짐에게 그런 물건은 없다. 그 대신 신형 강마력 엔진의—"

"아직도 파악이 안 돼? 이 나에게 그런 말장난이 통할 거라 생각하나?"

황제는 잠시 잊고 있었다.

상대가 타인의 마음을 들여다볼 수 있는 초능을 지녔다는 것을.

아렐네우스의 눈빛이 진득한 살기로 번들거리기 시작했다.

"그 제조 비법은 짐의 목숨만큼이나 귀한 것이다."

드디어 황제가 본심을 드러냈다.

루인이 태연하게 고개를 끄덕였다.

"그럴 테지. 연금술이 때론 기적을 만들어 내기도 하지만 다양한 재료를 배합하여 특정 물질을 만들어 내는 일은 사실상 창조의 영역이다. 나 역시 드높은 마도(魔道)를 자부하고 있지만 지금도 쉽게 믿기진 않아."

아칸베릴이 미스릴보다 훨씬 귀한 것은 바로 운철(隕鐵)이기 때문.

아칸베릴은 운석이 떨어진 화구 주위에서만 발견할 수 있고 그 채굴량도 극히 제한적이었다.

사실상 자연계에서 채굴할 수 있는 양을 모두 캤다고 봐도 무방했다.

최고의 채탐 기술자들인 드워프 일족이 이미 오래전에 자취를 감추었기 때문.

인간의 채탐 기술로는 지하 깊숙이 파묻혀 있는 운석의 화구를 찾는 것이 거의 불가능했다.

그 귀한 대마법 방어 물질을 대량으로 생산할 수 있는 비법이란 가히 마장기를 발명한 것과 맞먹는 혁명적 위업이었다.

"제국의 모든 역량을 동원했다. 그 인고의 세월이 무려 한 세기. 아칸베릴의 조합법을 완성하기 위해 수많은 제국의 신민들이 목숨을 잃었다."

담담한 표정으로 듣고 있던 루인이 돌연 이를 드러내며 이죽거린다.

"지금 본인의 저울대가 더 무겁다고 강변하는 건가?"

루인이 저울대에 올리고 있는 것은 알칸 황제의 목숨, 즉 신의 목숨이다.

황제의 초능, 미래시가 사라진다면 결국 그는 자신의 죽음을 대비하고 막을 수가 없기 때문.

황제가 일그러진 얼굴로 고민에 빠지자 대신들이 다시 엎드리며 고함쳤다.

"그, 그것만은 결코 안 됩니다 폐하!"

"폐하! 마장기의 전철을 밟을 수는 없사옵니다!"

알칸 제국은 가장 먼저 마장기를 탄생시키고도 독점하지
못했다.

위대한 알칸 제국이 남부 대륙까지 뻗어 나가지 못한 것은
남부의 열국들이 곧바로 마장기 전력을 확보했기 때문.

결국에는 웬만한 중소 왕국들조차도 마장기를 가지게 됐
다. 때문에 대륙의 곳곳에서 합종연횡이 일어나 알칸 제국의
영향력은 갈수록 줄어들고 있었다.

그러므로 아칸베릴의 연금 조합법만큼은 절대 제국 밖으
로 유출할 수 없었다.

"내가 저울대에 올리고 있는 건 헤볼 찬, 즉 신(神)의 목숨
이다. 오히려 난 그쪽 저울대가 더 가볍다고 생각하는데."

한참을 미간만 구기고 있던 황제.

"내걸 조건이 또 있단 말인가?"

"먼저 당신이 내 첫 번째 조건부터 수락해야겠지."

황제의 고민은 길었다.

루인은 최대한 황제의 자유 의지를 존중해 주고 싶었지만
이렇게 나온다면 그에게 선택을 강요할 수밖에 없었다.

너울거리는 그림자까지 움직인 이상 속도전이 생명이었
다.

"아렐네우스."

"······말하라."

이어 놀라운 말들이 루인의 입에서 흘러나오기 시작했다.

"한 악마가 있다. 놈은 초월자인 나보다도 강하다. 또한 놈은 사념을 통해 타인의 영혼을 지배할 수 있다. 이미 그의 군단은 탄생했다."

"무슨······?"

"놈의 목적은 인류의 절멸(絶滅). 장담컨대 당신의 제국조차도 채 한 달을 버티지 못할 것이다."

원래라면 너무 터무니없는 주장이라 깨끗하게 무시했을 테지만 불행하게도 눈앞의 상대는 사람의 마음을 읽는 초능을 지닌 자.

모든 인간의 마음을 읽는 자에서 세계적인 음모가 거론됐다는 것은 결코 간단한 사안이 아니었다.

황제는 대신들을 쳐다보고 있었다.

하지만 하나같이 눈만 멀뚱거리고 있을 뿐 별다른 반응이 없었다.

이미 투명하게 일그러지고 있는 마력의 장막, 음파 차폐막이 또다시 생성되어 있었다.

"놈을 추종하는 무리들은 이미 각국의 왕들을 모두 살해했다. 이미 당신도 알고 있을 테지. 제국의 첩보력이라면."

"······대체 이 아렐네우스에게 진정으로 원하는 것이 무엇인가?"

지저의 심연처럼 가라앉아 있는 루인의 두 눈.

"곧 대륙에는 전에 없던 욕망의 각축전이 벌어진다. 갑작스런 권력의 공백이 일으킨 비극이지."

"……."

"우리 역시 당분간 그 광기와 어울린다. 이미 제국군을 동원했다면 그대로 우리 르마델을 쳐라."

황제의 두 눈이 더욱 진한 의문으로 휩싸였다.

"그 말은……?"

"싸우는 척만 하는 거다. 적당히 대치하며 국지전만 일으키는 거지. 그리고 은밀하게, 또 조금씩 병력을 후방으로 빼라."

루인의 계획은 명확했다.

악제에게 극심한 소모전처럼 보이려는 의도.

"인간 진영이 충분히 약화되었다고 판단된다면 놈은 반드시 군단을 움직인다. 그때 우리 르마델과 당신의 제국군은 일시에 놈을 향해 방향을 튼다."

루인의 두 눈은 어느덧 대마도사의 광기로 번들거리고 있었다.

"명심해. 당신과 나. 둘 다 나중은 없어. 전력을 아낄 생각은 아예 하지 말란 뜻이다."

"그만큼 강한가?"

루인이 헬라게아를 다시 열었다.

이내 그는 무심한 눈으로 황제에게 성자 아스타론의 유물을 건넸다.

"미래시를 회복하게 되면 직접 보는 게 빠를 거야."

이번 생 최대의 분기점.

대마도사의 오랜 대계(大計)가 그렇게 정점을 찍는다.

황제의 미래시.

과연 그의 꿈에 무슨 미래가 나타날지 루인도 궁금했다.

Chapter. 93

싸아아아아아······.

차폐막을 해제한 루인이 엎드려 있는 제국의 대신들을 야
차처럼 노려보고 있었다.

'쟈이로벨.'

-크ㅎㅎㅎㅎ!

쟈이로벨은 먹잇감을 앞에 두고 극도로 흥분하고 있었다.

사실 루인의 입장에서 알칸의 대신들에게 깃든 마계 존재
의 영혼을 감지하는 건 간단한 일이었다.

쟈이로벨이 직접 대신들의 영혼에 침투해 보면 금방 알 수 있는 것이다.

다만 그렇게 한다면 대신들이 쟈이로벨의 존재를 알게 되는 것이 문제였다.

물론 초월자가 된 루인의 입장에서는 흑마법사라는 사실이 외부에 알려진다고 해도 제약이 될 만한 일은 그다지 겪지 않을 것이다.

하지만 르마델을 대표하는 대공자로서의 입지와 힘은 줄어들 수밖에 없었다.

마도의 세계에서 흑마법이란 엄연히 금단의 영역이었고, 또한 인간들이 가장 두려워하는 것은 간혹 흑마법사의 영혼이 마왕 강림의 매개가 된다는 것이었다.

그럼에도 루인은 지금의 선택을 굳이 돌이킬 생각은 없었다.

이 방법이 아니고서는 시간이 너무 오래 걸리기 때문.

한데 그때, 쟈이로벨이 아닌 벌레왕 아므카토에게서 이상한 반응이 흘러나왔다.

-자, 잠시만! 잠시만요, 주인님!

아므카토의 감정을 고스란히 느낄 수 있는 루인.

그는 지금 몹시 두려워하고 있었다.

별다른 일도 없는데 호들갑을 떨고 있는 게 못마땅했는지 샤이로벨이 신경질적으로 투덜댔다.

-오랜만에 재미있는 일이 생겼는데 갑자기 웬 소란이냐?
-그게…… 잠시만…… 시간을 조금만 더 주십시오!
-알았다.

그렇게 아므카토에게서 한참이나 반응이 흘러나오지 않았다.

기다림에 지친 샤이로벨이 슬슬 한계를 드러내고 있을 때, 아므카토가 극도의 두려움에 떨며 열광적으로 부르짖었다.

-이…… 이건 분명 여, 열광……! 트, 틀림없습니다! 분명한 열광의 기운입니다!
-열광(熱光)?

아므카토의 영혼은 어느새 광기에 젖어 있었다.

광염 지대의 권속이었던 마장이 익숙한 열광의 진마력을 맞이했으니 당연한 결과.

놀라운 반응이었다.

평범한 진마력이 아닌, 권좌의 진마력을 풍기는 마계 존재라면 마신(魔神)이라는 뜻.

게다가 열광이라면 마신 에오세타카의 권능이 아닌가?

-그럼 에오세타카가? 어디에?
-지금 찾고 있습니다!

샤이로벨이라고 해도 에오세타카와 같은 고위 존재가 강
림체에 숨기로 작정한 이상 외부에서는 쉽게 감지해 낼 수가
없었다.

하지만 삶의 대부분을 마신 에오세타카의 권속으로 살아
온 아므카토에게만큼은 달랐다.

미약하게 풍기는 열광의 잔향이지만 집중한다면 모를 수
가 없었다.

-저기! 저 인간입니다!

루인은 그야말로 깜짝 놀라고 말았다.

아므카토가 지목한 인간이란 다름 아닌 황제의 핸드
(Hand) 비디미르였기 때문.

이건 전혀 의외의 상황.

전생에서의 비디미르는 그저 실종된 인물이었다.

악제군과 인류 연합군 어디에도 소속되지 않았던 그가 에
오세타카의 계약자라니?

그 사실은 루인을 당황하게 만들기에 충분했다.

그러나 루인은 함부로 내색하지 않았다.

비록 쟈이로벨에게 패배한 후 영토를 잃고 마계의 외각을 떠돌고 있지만 에오세타카 역시 엄연한 마신의 반열.

그 역시 본체가 지닌 권능의 일부를 희생한다면 잠시나마 강림체를 본체처럼 활용할 수 있는 무시무시한 존재였다.

그가 쟈이로벨에게 가지는 적개심을 생각했을 때 충분히 일어날 가능성이 다분한 일이었다.

루인이 다시 음파 차폐막을 두르며 황제를 쳐다보았다.

"비디미르다."

황제 아렐네우스의 눈빛에 금방 황당한 감정이 물든다.

그도 그럴 것이 어떤 검증의 과정도 거치지 않고서 대뜸 비디미르를 지목하고 있었기 때문이다.

"비디미르의 계약 상대는 마신 에오세타카. 놈은 마계의 여덟 지대 중 광염 지대를 다스리던 군주다. 비록 혈우 지대의 마신에게 패배하여 권능이 크게 하락했지만 적어도 마왕보단 열 배 이상 강력한 존재다."

발락카스나 발푸르카스 등의 마왕들이 인간계에 남긴 상처와 족적을 생각했을 때 그들의 열 배라는 루인의 설명은 그야말로 까무러칠 만한 것이었다.

핼쑥해진 황제의 얼굴을 살피던 루인이 히죽 웃었다.

"이제 어쩔 테지?"

자신에게 몽마의 타액을 먹인 자가 비디미르였다는 건 황제에게도 공포스러운 일.

자신과 가장 가까운 핸드가 배신자라는 건 다른 모든 대신들도 언제든 배신자가 될 수 있다는 뜻이기 때문이다.

하나 대알칸 제국의 황제답게 아렐네우스는 이내 당황한 신색을 회복했다.

"비디미르가 배신자라는 근거가 무엇인가?"

"근거? 나다. 내 존재 자체가 근거다."

"그런 말도 안 되는……."

"날 믿어. 내가 해 줄 수 있는 말은 이것뿐이다."

황제로서는 황당할 뿐이었다.

어쩌면 이 이방인은 알칸의 분열을 획책하기 위해 제국의 핸드를 모함하고 있을지도 몰랐다.

하지만 이 이방인.

그는 제국의 심장부에 침투해 진 가문의 영검을 빼앗고 닥소스가의 가주를 살해한 초월자였다.

마음만 먹는다면 굳이 이런 저열한 분열을 획책하지 않고도 제국의 대신들을 모두 옭아맬 수 있는 자라는 뜻.

그렇게 황제는 감정 한 점 떠올라 있지 않은 루인의 눈빛에서 말할 수 없는 복잡한 감정을 느끼고 있었다.

"그를 이 자리에서 징치할 수는 없다."

"이대로 방치할 생각인가?"

비디미르는 제국의 핸드다.

황제 다음가는 권력자라는 뜻.

그를 지지하고 있는 가문은 셀 수 없이 많았고, 심지어 일부 황족들까지 그에게 포섭된 상태였다.

그만큼 그의 영향력은 대단해서, 사실상 알칸의 황제가 그를 핸드로 지목하지 않으면 이상한 그림이 그려지는 상황이었다.

이만큼 많은 대신들이 모여 있는 상황에서 그가 마신의 계약자라는 것이 알려진다면 뒤따를 혼란을 예상할 수조차 없었다.

그때 루인의 입이 다시 열렸다.

"이미 수많은 왕이 죽었다. 당신에게도 그리 시간이 많지는 않은 것 같은데."

"허나······!"

아렐네우스는 어떤 황제보다도 철권으로 제국을 경영해 온 강력한 통치자였다.

그런 그가 이렇게까지 망설인다는 건 비디미르로 인한 급격한 정세 변화가 제국의 질서에 심각한 위협이 될 거라 판단하고 있는 것.

이에 루인이 미간을 모으며 생각에 잠겼다.

황제가 이렇게까지 나온다면 어쩔 수 없이 계획을 조금 수정할 수밖에 없었다.

결국 루인은 그의 부담을 덜어 주는 방향으로 전략을 선회했다.

"그럼 이건 어때?"

"무엇을 말인가?"

씨익.

"당신이 르마델, 아니 하이베른가에 납치되는 거다."

"납치……?"

이어지는 루인의 조용한 설명.

"이 방법에는 세 가지 효과가 있다. 첫 번째, 당신의 안전이 완벽하게 확보된다. 황제의 생명을 노리는 위험 인자가 일시에 사라지는 거지. 내가 마음먹지 않는 이상 당신이 위협을 느낄 만한 상황은 절대로 발생하지 않아."

"으음……."

"두 번째는 별다른 조치 없이 이번 전쟁을 지루한 소모전으로 만들 수 있다는 거다. 적국이 황제의 신변을 구속하고 있는 상황에서 상대를 자극하는 적극적인 작전을 펼 수가 없을 거거든."

"세 번째는 무엇인가?"

사악하게 웃는 루인.

"황제의 결위가 지속되면 될수록 은밀하게 힘을 기르고 있던 자들이 바늘처럼 튀어나올 거다. 당신은 저 비디미르가 어떻게 나올지 궁금하지 않나?"

지금도 루인을 도발적으로 바라보고 있는 저 제국의 핸드
는 이 대화를 새까맣게 모를 것이다.

　루인은 황제가 납치된 상황에서 과연 그가 어떤 일을 벌일
지가 궁금했다.

　무엇보다 마계의 변방에서 쥐 죽은 듯이 힘을 기르고 있어
야 할 에오세타카였다.

　그런 그가 갑자기 인간과의 계약이라는 위험 부담을 떠안
았다면 반드시 그럴 만한 이유가 있을 터.

　그 일에 악제가 연관되어 있을 가능성도 있었다.

　루인이 당장 그를 옭아매지 않고 황제와 협상하려는 이유
도 바로 그 때문이었다.

　"저 비디미르가 과연 무엇을 위해 당신을 살해하려 했을
까? 이를 지켜보는 것도 재밌겠지. 당분간은 당신의 권력을
저 핸드가 대리할 테니까."

　루인의 말은 일부러 황제가 납치되는 초유의 상황을 연출
하여 알곡을 가리자는 뜻이었다.

　평소에 황제를 충심으로 떠받들었다면 결단코 아렐네우스
를 구하려 들 것이고, 음흉한 꿍꿍이를 숨겨 온 자라면 결국
엔 그 속을 드러낼 것이기 때문.

　하지만 이 하이베른가의 대공자는 이미 진 가문과 닥소스
가에 돌이킬 수 없는 해악을 끼친 말 그대로 적성국의 요인이
었다.

황제가 아무리 루인의 신비한 면모를 많이 봤다고 해도 쉽게 믿어질 리가 만무했다.

"내가 그댈 어떻게 믿을 수 있는가?"

"다시 말하지만 난 지금이라도 당장 당신을 죽일 수 있다. 하지만 내겐 그럴 이유가 없지."

"그것만으론……."

그 순간 루인의 눈빛이 대마도사의 광기로 일렁인다.

"그럼 보다 솔직하게 말하겠다. 나는 당신의 미래시(未來視)가 필요해. 당신은 내가 오랫동안 염두에 두고 있던, 한마디로 내 계획에 필수적인 인물이다."

눈짓으로 성자 아스타론의 유물을 가리키는 루인.

"그래서 당신에게 그걸 주는 데 망설임이 없었던 거다. 죽일 필요는 더더욱 없었던 거고."

필요한 사람.

언제나 신처럼 군림하며 휘하의 사람을 부리던 제국의 황제에게 그런 루인의 말은 참으로 이상하게 들렸다.

아렐네우스는 기분이 상하면서도 한편으로는 묘하게 가슴이 울렁거리고 있었다.

"내 전쟁에 당신이 꼭 필요하다. 이건 당신이 황제라서 하는 이야기가 아니야. 동료로서 부탁하는 거다."

"동료……?"

"응."

친근하게 웃고 있는 루인.

아렐네우스 황제는 그를 형용할 수 없는 심정으로 바라보고 있었다.

자신은 제국의 신성.

그야말로 신처럼 군림하던 존재였다.

자신 앞에만 서면 모든 이들이 고개조차 제대로 들지 못했다.

그런데 '동료'라니.

오히려 화가 치밀지도 않았다.

그 감정은 실로 오묘한 것이었다.

"내가 그대에게 정말 필요한 사람인가?"

"당신이라면 미래를 볼 수 있는 그 신비한 능력으로 많은 사람을 구할 수 있을 거야. 황제가 아니라 성자로서."

"성자(聖者)……?"

아렐네우스는 설명할 수 없는 감정에 북받쳐 올랐다.

그 옛날의 성자 아스타론의 검을 높이 쳐들고서 인류의 파멸을 막아 내는 대영웅.

황제로 죽는다면 그 영광은 잠시 남을 테지만 성자의 길을 걷는다면 인류의 역사가 살아 숨 쉬는 내내 추앙받을 터였다.

"나더러 성자 아스타론 님의 후예가 되어 달라는 뜻인가?"

"이미 우리 측엔 마헤달의 후예도 있어."

"마헤달!"

마헤달이라면 성자 아스타론에 맞먹는 인류의 위인.

위대한 마헤달의 후손이 지금까지 이어지고 있다는 사실은 진정 놀라운 일이었다.

"그대와 함께 가겠네."

루인은 황제의 눈빛에 어린 열기를 잔잔히 바라보고 있었다.

죽어 가며 원통해하던 그 옛날의 황제에게 조금은 빚을 갚는 기분이었다.

"그래. 고맙다."

지이이이이잉―

루인이 수인을 맺자 홀의 바닥이 찬란하게 빛나기 시작했다.

그것이 공간 이동진이라는 것을 알아본 몇몇 대신들이 벌떡 일어나며 고함을 질러 왔다.

"폐하! 물러나시옵소서!"

"그 자리를 피하시옵소서!"

한데 오히려 아렐네우스는 공간 이동진 내부로 더 깊게 걸어가고 있었다.

"폐하!"

"아, 안 돼!"

화아아아아아악!

그렇게 희뿌연 광채와 함께 르마델의 대공자와 사라져 버린 대알칸 제국의 황제.

비디미르.

그의 눈빛이 알 수 없는 광기로 이글거리고 있었다.

◆ ◆ ◆

불사조의 성.

루인과 함께 남부에 도착한 아렐네우스 황제는 거대한 진네옴 투드라를 보자마자 깜짝 놀라고 말았다.

"저건……!"

마력 증기에 휩싸인 채 칙칙한 묵광을 빛내며 서 있는 진네옴 투드라.

마장기의 출력을 가늠할 수 있는 마력핵의 크기부터가 제국의 마장기인 디스트럭션 캐논보다도 훨씬 컸다. 게다가 포신의 크기와 구경 역시 마찬가지.

르마델의 마장기는 누구보다 자신이 가장 잘 알고 있었다.

의구심으로 가득한 황제의 두 눈이 금방 루인을 향했다.

"게드리아와 동맹을 맺은 것인가?"

알칸 제국을 제외하면 마도 공학이 가장 발달되어 있는 국가는 게드리아 왕국과 올칸도 왕국.

특히 마력 총기의 왕국 게드리아가 아니고서야 이런 거대한 마력포를 구현해 낼 수는 없을 것이다.

루인이 싱긋 웃었다.

"게드리아의 마장기를 본 적은 없는데."

아렐네우스 황제의 미간이 가늘게 좁혀진다.

"발뺌을 할 생각인가?"

"상식적으로 생각하자고. 우리가 게드리아와 동맹을 맺었다고 쳐. 그런데 과연 알칸 제국의 이목을 피하는 게 가능할까?"

게드리아 왕국은 알칸 제국의 위성 국가나 마찬가지.

특히 게드리아 왕국이 신형 마장기를 개발했다면 제국의 이목을 피하는 것은 거의 불가능했다.

"이건 내가 만든 거야. 그리고 똑같은 게 60여 기나 더 있지."

태연하게 거짓말을 늘어놓는 루인을 지켜보며 샤이로벨은 속이 뒤집어졌다.

저걸 제작하려고 밤낮으로 마왕들을 얼마나 갈아 넣었는데 지가 만들었다니!

"60여 기?"

본인이 단독으로 제작했다는 말도 어처구니없었지만, 이런 무식한 마장기가 60여 기가 더 있다는 루인의 주장에 황제는 더욱 몸이 굳고 말았다.

지이이이잉—

남부 전선의 지정 좌표계를 허공에 펼친 루인이 다시 황제를 바라봤다.

"붉은 점으로 표시된 곳이 우리의 주요 방어 요새다. 규모에 따라 각각 2기에서 4기까지 배치했지."

"허어……."

루인의 말은 르마넬의 남부 국경을 모두 마장기로 둘렀다는 뜻.

황제는 이해할 수 없었다.

그 정도로 무시무시한 전력을 숨기고 있었다면 왜 북부의 귀퉁이에서 전력을 낭비하고 있단 말인가?

진즉에 북부를 통일하고, 알칸, 아니 전 대륙을 상대로도 자웅을 겨뤄 볼 수 있는 엄청난 전력이었다.

그런 황제의 마음이라도 읽기라도 한 듯 루인의 표정이 점점 차가워졌다.

"다시 말하지만 내 상대는 악제(惡帝)라는 악마야. 당신들의 땅따먹기에는 아무런 관심도 없어."

그런 루인의 말에 황제는 더욱 황당했다.

이만한 전력을 갖추고도 그토록 상대를 두려워한다는 것이 이해되지 않았기 때문.

대체 그 군단(軍團)이란 집단이 얼마나 무시무시하길래?

"당신이 지금 남 걱정할 때야? 지금쯤 칸드리나(Kandrena)는 난리가 났을 텐데."

"으음……."

복잡한 생각으로 황제의 표정이 구겨지자 루인이 씨익 웃으며 머나먼 남쪽을 바라본다.

위이이이잉.

점점 그의 주위로 모이고 있는 벌레들.

고요하기 짝이 없는 와중에서 갑자기 엄청난 수의 벌레들이 짝짓기 상대를 만난 것처럼 모여들고 있으니 황제는 당황하고 있었다.

"갑자기 웬 미물들이?"

더 놀라운 것은 그때였다.

그렇게 모인 벌레들이 마치 지휘자를 떠받드는 것처럼 루인의 손짓에 따라 이리저리 움직이고 있는 것.

"난 이 벌레들의 감각을 공유할 수 있다. 난 당신을 위해 이번에도 이놈들을 칸드리나에 깔 예정이야."

저 엄청난 수의 벌레들의 감각을 모두 공유할 수 있다는 루인의 주장은 진정 놀라웠다.

"하면……?"

"그래. 이 머나먼 남부에서 칸드리나 황궁에 일어나고 있는 모든 일들을 관찰할 수 있다는 뜻이지. 지켜보자고. 당신의 부재가 과연 어떤 결과를 초래할지."

황제는 말문이 막혀 버렸다.

이런 능력을 지닌 존재 앞에서 과연 각국의 첩보 기관이 무슨 소용일까 싶었다.

그렇게 대마도사의 진실된 능력을 엿본 황제는 크게 안도할 수밖에 없었다.

이런 자와 진심으로 적이 됐다면 어쩌면 제국의 명운이 자신의 치세에서 끝났을지도 모르는 일.

그때, 이제 막 르마델의 마도학자들과 함께 성곽을 오르고 있던 현자 다인이 석상처럼 굳어지고 말았다.

"폐, 폐하?"

몇 번이고 눈을 비비고 있는 다인.

한데 아무리 눈을 씻고 살펴봐도 자신의 눈앞에 있는 상대는 제국의 지배자이자 라 알칸의 신성, 헤볼 찬 황제였다.

"시, 시, 신(臣)! 위대하신 광명(光明)의 존재, 헤볼 찬 황제 폐하를 배알하나이다!"

고대어인 헤볼 찬을 직역하면 태초의 광명.

황제이자 동시에 신으로 군림하고 있는 아렐네우스 황제였다.

그는 이내 근엄한 눈빛으로 다인을 응시했다.

"기억에 있군. 테오나츠의 마법사였던가."

"신, 미거하나마 현자의 직분을 수행하고 있는 다인이라고 하옵니다!"

"그래, 다인. 확실하군. 그대는 제국의 선단과 함께 실종되었다. 한데 왜 이곳에 있는 것인가?"

"그, 그, 그것이……!"

엎드린 채 극도의 공포로 떨고 있는 다인.

"이미 몇 년 전부터 내 부하가 됐지. 너무 몰아세우지 마. 뭐 죽일 거야?"

"부하……?"

알칸 제국의 영예로운 현자가 대공자의 부하라니?

루인과 만난 후로는 그야말로 모든 것이 충격이었다.

가득 눈살을 찌푸리고 있던 황제를 향해 루인이 정점을 찍었다.

"언제는 인재가 구름처럼 많다며? 당신에겐 한 명쯤은 없어져도 상관없는 일이 아닌가? 대체할 현자야 차고 넘치잖아?"

"무슨……."

"쪼잔하게 굴지 말고 큰 그림을 봐. 황제라면 배포가 커야지."

표정을 구기고 있던 황제가 루인을 외면하며 먼 산을 바라볼 때쯤 결국은 난리가 나고 말았다.

갑자기 성곽 위에서 알칸 제국의 황제가 등장해 버렸으니 당연한 일이었다.

"거추장스러운 일이 좀 생길 거다. 각오한 일이겠지?"

"시끄럽다."

황제는 여전히 루인의 시선을 외면하고 있었다.

잠시 후, 병사들을 이끌고 성곽 위로 올라온 지휘관들이 일제히 황제를 에워쌌다.

루인은 혹시라도 일어날 불상사에 대비해서 황제의 주변으로 물리 방호 결계를 둘러 줬다.

가장 먼저 도착한 하이베른가의 혈족은 소에느였다.

"세상에⋯⋯!"

틀림없이 제국의 신성을 상징하는 혜볼 찬의 면류관과 홀, 더구나 알칸 황제의 초상화는 널리 알려져 있었다.

정말로 알칸 제국의 황제가 나타난 것이다.

"대, 대공자! 이게 무슨 일이야?"

아무리 상식 밖의 행동을 자주 하는 대공자라지만, 알칸 제국의 혜볼 찬 황제를 직접 데려올 줄은 상상도 하지 못했다.

루인이 소에느를 향해 비릿하게 웃었다.

"칸드리나에 침투해서 황제를 납치해 왔지."

아, 그렇구나.

소에느는 순간적으로 납득할 뻔한 자신에게 소름이 돋았다.

"아, 아니 그게 그렇게 간단한 일은 아니지 않을까?"

황제를 납치해 오다니!

곧이어 도착한 카젠과 데인, 왕국의 주요 대신들도 황당하게 굳어지고 말았다.

루인과 아렐네우스 황제를 몇 번이고 번갈아 쳐다보고 있는 사자왕.

"대공자?"

이어 루인은 대알칸 제국의 황제 앞에서 아무렇지도 않게 전략을 늘어놓았다.

"황제의 신변을 확보했으니 이제 전선은 지루한 소모전의 양상으로 굳어질 겁니다. 편제는 마쳤습니까?"

"끄, 끝났다."

그 말은 언제든지 공격군으로 전환할 수 있게 됐다는 뜻.

"기다릴 것도 없이 삼군으로 편제를 변경한 후 내일 출정하죠. 목표는 라 알칸, 로기즈만, 알 크란디입니다."

"뭐……?"

알칸 제국의 수도인 라 알칸은 그렇다 치더라도 로기즈만과 알 크란디라니?

그 두 곳은 굴레 왕국과 크란디아 왕국의 수도 왕성이지 않은가?

아렐네우스 황제가 미친놈 보듯이 루인을 바라본다.

"감히!"

기다란 수염을 부들부들 떨고 있는 아렐네우스.

알칸 제국과의 일전을 앞두고 감히 전선을 삼분하겠다는 루인의 말은 황제의 자존심을 상하게 만들기에 충분했다.

그때, 강력한 드래곤의 피어가 천둥소리처럼 성곽을 강타했다.

캬오오오오!

캬오오오오!

거대한 드래곤 수십 마리가 허공을 선회하며 강습 훈련을 하고 있었다.

일반적인 드래곤들의 몸집보다 세 배나 더 큰 지고룡 카알 라고스가 직접 강습 편대를 지휘하고 있었다.

한데.

우우우우우우웅—

무슨 거대한 메뚜기 떼가 이동하는 듯한 소음이 들려온다.

그것은 엄청난 박쥐 떼, 시커먼 먹구름 같은 플라잉 바이퍼 군집이었다.

촤아아아아아!

하늘에서 거대한 먹구름이 갈라지며 수백 마리의 다크 와이번이 등장한다.

강력한 갑주로 무장하고 있는 다크 와이번들을 일사불란하게 훈련시키고 있는 용기사 군단.

비록 드래곤보다는 작았지만 수백 마리가 함께 비행하고 있는 다크 와이번들의 모습이란 가히 압도적이었다.

파아아아아앙!

용기사들의 검에서 스피릿 오러 줄기가 일제히 뿜어져 나온다.

형형색색의 빛깔을 자랑하던 오러들은 준비된 표적에 적중하며 거센 충격파를 일으켰다.

콰콰쾅!

콰콰콰쾅!

그리곤 다시 일제히 먹구름 속으로 숨어 버리는 용기사들.

황제는 망연자실하게 그 광경을 바라보고 있었다.

방금 용기사들이 보여 준 그 광경이 실제 전투에서 어떤 위력을 발휘할지가 곧바로 유추되었기 때문.

"……저게 다 뭔가?"

루인이 무표정하게 대답했다.

"아쉽게도 우리 르마델은 마장기를 지원하는 편제가 부실하거든. 당신들처럼 아크 골렘 따위가 없단 말이지."

"……."

"그래서 드래곤들과 연합했다. 마장기의 훌륭한 지원 자원이라 할 수 있지."

어디 지원 자원뿐인가?

마장기를 운반하는 일은 물론, 오너 매지션을 괴롭히는 대부분의 문제들이 말끔하게 해결될 터였다.

그러나 황제의 의문은 해소되지 않았다.

드래곤은 그렇다고 쳐도 저 무시무시한 먹구름의 정체가 더욱 놀라웠기 때문.

그런 먹구름 안에서 쏟아져 내린 괴물들.

그것은 한 번도 접해 보지 못한 괴생명체였다.

더구나 기사들이 그 괴물들을 타고 있지 않은가?

"용기사 몰라?"

"용기사?"

황제의 머릿속엔 드래곤을 타고 천공을 누볐던 옛 영웅들의 전설적인 설화가 떠올랐다.

드래곤 라이더.

하지만 그건 말 그대로 설화였다.

실체가 없는 추상적인 역사인 것이다.

"다크 와이번이다. 와이번 종(種) 중에서 가장 포악하고 잔인한 놈들이지. 동족 외에는 모두 먹이로 보거든. 원래라면 길들이는 것이 불가능해."

그제야 아렐네우스 황제는 지금까지 루인이 했던 모든 말들이 실제였다는 것을 확실하게 깨달았다.

실체도 없는 일에 한 인간이 이토록 치밀하게 준비할 수는 없는 것이다.

자신이 본 모든 것은 제국은 물론이요, 대륙 전체를 정복할 수 있는 역량.

이런 자가 두려워하는 악제(惡帝)란 대체 얼마나 강력하단 말인가?

그때 문득 생기발랄한 목소리들이 들려온다.

"키야! 저 미친놈이 진짜 알칸의 황제를 데리고 왔어!"

"진짜 소름이 돋는다."

"시끄러워요. 분위기 안 보여요?"

자신을 향해 손을 흔들고 있는 친구들.

웃으며 그들을 바라보고 있는 루인.

성장한 태가 역력한 시론과 세베론, 리리아, 그리고 다프네가 환하게 웃고 있었다.

"와 알칸의 황제님을 실물로 영접하게 될 줄이야! 이건 좀 귀하다!"

"거기 마도학자님! 저희 마나 열상 사진 한 번만 찍어 주세요!"

쪼르르 달려오더니 황제의 양옆으로 늘어선 대공자의 친구들.

현자 다인과 함께 성곽 위에 도착한 마도학자 하나가 손가락으로 자신을 가리켰다.

"나 말인가?"

"예! 부탁드립니다! 잘 찍어 주세요!"

소에느는 그런 루인의 친구들을 황당한 표정으로 바라보고 있었다.

분명 멀쩡한 귀족가의 자제들이었는데 지금은 어째 정상 같아 보이지 않는다.

"루인. 넌 안 찍냐?"

"……."

루인 역시 당황한 건 마찬가지.

시론과 세베론이야 원래부터 쾌활하긴 했지만 그래도 항상 귀족가의 몸가짐을 잊지 않았던 아이들이다.

뭐 녀석들이야 그렇다 쳐도 은근슬쩍 황제의 곁에 함께 서고 있는 리리아와 다프네는 또 뭐지?

시론이 굳은 표정으로 서 있던 카젠의 옷깃을 잡아당긴다.

"아버님! 같이 찍읍시다!"

"음?"

아버님?

카젠의 팔짱을 끼며 거드는 다프네.

"아버님? 표정이 너무 어두우세요! 이렇게. 이렇게 활짝 웃으세요. 히!"

다들 표정 관리가 안 되고 있을 때 아렐네우스 황제가 버럭화를 냈다.

"짐이 무슨 원숭이더냐?"

"예? 그 무슨 섭섭한 말씀을! 알칸의 황제님은 저 드래곤님들보다 더 보기 힘든 분이라 영광이라서 그럽니다 제가!"

황제는 이해가 되지 않았다.

르마델 왕국이 전성기 영토의 절반 이상을 잃고 중소 왕국으로 전락한 것은 모두 제국의 확장 정책으로 비롯된 일.

그렇게 알칸 제국과 르마델 왕국은 오랜 악연의 역사로 점철되어 있었다.

때문에 르마델의 백성들은 알칸 제국에게 적대감이 상당하다. 어릴 때부터 그런 질곡의 역사를 배우기 때문.

"짐이 왜 보고 싶었던 것이냐? 르마델의 백성이라면 날 증오하고 있을 텐데?"

시론이 피식거리며 웃었다.

"에이, 넓게 보면 다 같은 인간인데요 뭘. 그리고 저 녀석과 함께 왔다면 이미 반쯤 홀리신 거 아닙니까?"

"맞아. 루인 녀석이 아무런 이유도 없는데 꼬실 리가 없지."

"히, 어차피 이제 다 같은 편이잖아요?"

이건 루인과 함께 다닌, 오랜 학습의 결과.

결국 루인은 친구들의 다양한 반응을 통해 한 가지를 깨달았다.

가변세계를 겪고 비정상적인 속도로 성장한 건 자신뿐만이 아니라는 것을.

저 아이들도 초월자의 세계, 신적인 존재들의 면면을 빠짐없이 경험했다.

인간들의 주신(主神)조차 첫 인간 사히바의 자손일 따름이었다.

전 인류를 공포로 몰아넣었던 패왕 바스더 역시 맛있는

음식만 보면 눈이 돌아가는 괴팍한 노인네에 불과했다.

타이탄과 비견되는 영묘족의 기메아스도 저 아이들에겐 그저 수다스러운 아줌마였다.

그렇게 눈이 높아진 아이들.

저 시론의 눈에 비친 황제란 그냥 푸짐하게 생긴 할아버지인 것이다.

게다가 이 녀석들도 언제고 악제를 상대해야 한다는 공통의 목표를 지니고 있었다.

자신처럼 국가 간의 분쟁 따위는 어느덧 인식에서 멀어져 버린 것.

황제가 루인을 바라보며 피식 웃었다.

"대단한 친구들을 두고 있군."

황제의 칭찬에 세베론이 들뜬 표정으로 침을 튀기며 말했다.

"암요! 루인은 저희들이 없으면 아무것도 못 하죠! 특히 요리는 최악입니다! 도저히 먹을 수가 없어요!"

"시끄럽다."

"사실인데요 뭘. 특히 그 스튜! 바스더 님은 아무거나 다 잘 먹는 분인데 그분도 뱉으셨잖아요? 안 그래요 리리아?"

"먹고 죽을 정도는 아니었다."

"와! 이 와중에도 편을 들어요? 그냥 둘이 결혼하세요."

다프네의 핀잔에 리리아의 얼굴이 붉어졌다.

"무, 무슨 소릴."

"얼굴 빨개진 것 좀 봐! 부끄럽나 봐!"

"다, 닥쳐!"

그렇게 투덕거리기 시작한 루인의 친구들을 자애로운 눈빛으로 응시하고 있는 카젠.

삭막한 전장에서 풍기기 시작한 사람 냄새가 그리 나쁘진 않았다.

카젠이 황제를 향해 가볍게 고개를 숙였다.

"인사드리오. 하이베른가를 경영하고 있는 카젠이라고 하오."

황제를 향한 예우치고는 간소했지만 의외로 아렐네우스는 싫은 얼굴이 아니었다.

사실 전쟁을 앞두고 있는 적국의 대공이 자신에게 이만한 정중함을 보인다는 것이 더 의외였다.

"대단한 아들을 두었도다."

카젠에게 있어서 그것은 최고의 칭찬.

"우리 대공자를 아껴 주어 고맙소. 한데 어떻게 된 것이오? 정말로 우리 아들에게 납치된 것이오?"

황제가 인상을 찡그리자 루인이 대신 대답했다.

"일단 공식적으론 그렇습니다. 아버지."

과연 황제의 납치를 공식적이라 말할 수 있을까?

카젠이 기다랗게 한숨을 내쉬었다.

"대체 무슨 일을 저지른 것이냐? 아무리 너라도—"

"잠깐만요. 아버지."

문득 황제를 바라보는 루인.

"해도 돼?"

"······뭘 말인가?"

"다 얘기해도 되냐고."

황제는 루인이 뭘 얘기하려는지 감을 잡을 수 없어 잠시 말을 아끼고 있었다.

한데 루인은 허락도 없이 곧장 입을 열었다.

"황제의 최측근 중 배신자가 있습니다. 비디미르란 자인데 오랜 기간 황제에게 몽마의 타액이란 비약을 먹여 왔죠. 제가 그 사실을 밝혀내고 구해 준 겁니다. 일종의 피신이죠."

"허?"

분명 황제에겐 숨기고 싶은 치부일 텐데 루인은 눈 하나 깜빡하지 않고 다시 말을 이어 가고 있었다.

"몽마의 타액을 장기간 먹게 되면 그의 능력인 미래시(未來視)가 사라지게 됩니다. 그걸 두고만 볼 순 없었죠. 인류군에 결정적인 역할을 할 훌륭한 인재를 잃게 되니까요."

황제는 너무 황당해서 화도 나지 않았다.

미래를 볼 수 있는 알칸 황족의 능력은 그야말로 극소수의 대신들만 알고 있는 사실이었다.

한데 루인은 그런 엄청난 비밀을 아무렇게나 언급하고 있었다.

게다가 자신더러 무슨 훌륭한 인재라니?

듣고 있던 소에느의 얼굴에 경악의 빛이 떠올라 있었다.

"미래시? 그런 게 가능해?"

"그게 알칸 황가가 오랜 세월 황족으로 군림할 수 있었던 근본적인 힘이야. 그 엄청난 진 가문도 마장기를 발명한 닥소스가도 미래시 앞에서는 초라해질 수밖에 없지."

가장 강력한 영적 능력을 지닌 생명체, 즉 드래곤조차도 고작 예지력에 그치는 수준.

예측하는 수준이 아니라 미래를 직접 엿본다는 것은 그만큼 상상에서나 존재하는 권능이었다.

"우와! 황제님 전 어떤 남자와 결혼하게 되는 거죠?"

"전 언제쯤 유산을 다 받을 수 있습니까?"

"황제님은 언제 죽습니까?"

결국 카젠이 호위 기사들을 향해 진중한 눈빛을 보내기에 이르렀다.

끝내 루인의 동료들이 기사들의 손에 끌려가고 만 것이다.

"아, 안 돼!"

"꺄악! 아버님!"

한편 현자 다인이 큰 충격을 받은 듯이 혼잣말을 중얼거렸다.

"말도 안 돼…… 핸드께서 대체 왜?"

핸드 비디미르는 알칸 황가와 운명 공동체.

알칸의 황족들과 밀접한 관계를 맺고 있는 그가 왜 황제에게 그런 짓을 한단 말인가?

그에겐 그런 바보 같은 짓을 할 만한 이유가 없었다.

황가가 무너지면 그 자신도 함께 무너지기 때문이었다.

"영혼에 에오세타카를 품고 있더군. 그 일에 악제가 관련되어 있을 가능성이 매우 높다. 에오세타카가 악제에게 회유되었을 가능성까지도 염두에 둬야 해."

현자 다인은 깜짝 놀라고 말았다.

에오세타카라면 광염 지대의 군주였던 마신이 아니던가?

또다시 혼이 빠진 사람처럼 중얼거리고 있는 다인.

"대체 그런 고위 마신이 왜……?"

마신(魔神)의 반열에 오른 마계 존재들은 사실 특별한 이유가 없다면 인간계에서 생명력을 모을 이유가 없었다.

마신에 이를 정도면 이미 진마력이 극한에 다다랐다는 뜻이기 때문.

권능을 잃은 것이 아니라면 이미 마력은 차고 넘치는 상황이라 그들은 오직 영격(靈格)을 높이는 일에만 골몰할 뿐이었다.

"베바토우라 놈에게 못 들었어? 마계대전 당시 에오세타카는 소멸 직전에서 살아났다. 본래의 권능을 절반 이상 잃어버린 거지."

"으음……."

"광염 지대를 살아가는 휘하 마족들에게 열광의 기운을 나눠 줄 여력조차 없는 상황이란 거다. 명목상의 마신일 뿐 사실상 상급 마왕 정도지."

그런 루인의 말은 쟈이로벨에게도 묘하게 들렸다.

에오세타카만큼은 아니지만 므드라 놈에게 날개 한쪽을 뜯기고 크게 권능의 하락을 맞이했던 자신도 마찬가지였기 때문.

"아, 이제 이해했어. 그럼 연막이겠네? 굳이 황제를 납치했다는 건 비디미르를 살려 뒀다는 뜻이니까."

씨익.

"역시 고모야. 일단 비디미르의 손이 어디까지 뻗어 있는지부터 파악해야 돼. 어차피 황제의 죽음은 모든 일의 시작일 테니까."

"그럼 전쟁은? 이제 우리 전쟁은 어떻게 되는 것이냐?"

아버지의 질문에 루인이 머나먼 남쪽을 응시했다.

"멈출 수 없을 겁니다. 가주가 죽고 보물을 빼앗겼으니까요. 다만 분열하겠죠."

"음…… 그건 그렇겠어. 무슨 일이 있어도 황제를 구하자는 측과 무시하고 정벌을 강행하자는 측과의 힘 싸움이 일어날 거야."

카젠은 자신의 시선을 외면하고 있는 황제를 바라보며 측은한 마음이 들었다.

거대한 제국을 경영하는 황제조차도 권력의 희생자가 될 수 있다는 것이 바로 인간사의 잔혹함.

그렇게 신적인 존재로 군림하던 자가 하루아침에 도망자 신세로 전락하게 됐으니 그 심정이야 오죽할까?

"과연 대공자야. 공격군으로 전환하자는 뜻이 바로 이거였어?"

황제를 빼앗겼으니 틀림없이 알칸 제국군은 소극적으로 변할 수밖에 없을 터.

만약 루인이 이 모든 일들을 미리 계획한 거라면 그야말로 소름 돋는 일이 아닐 수 없었다.

하지만 고개를 내젓는 루인.

"아니. 이건 내 계획의 일부가 아니야. 황제의 신변을 위협하는 뭔가가 있을 거라는 예측은 했었지만 비디미르의 배신은 꿈에도 몰랐지."

"그래? 어쨌든 운이 좋네."

운이 좋다라.

루인은 결코 그렇게 생각할 수 없었다.

악제가 마신 에오세타카까지 포섭했다면 상황은 더욱 꼬이게 되니까.

에오세타카는 악밖에 남지 않은 상태다.

영역과 휘하를 모두 잃었으니 그는 조금만 자극받아도 도박을 벌일 것이다.

게다가 다른 군단장처럼 만약 그도 악제에 의해 권능이 강해진다면 대적하는 것이 거의 불가능한 괴물이 될 터였다.

한데 그때.

지지직—

지지지직—

문득 루인의 품에 잠들어 있던 영검, '모든 이들의 포효'에서 찌릿한 뇌기가 흘러나오기 시작했다.

분명 빌트리제가 영검을 활성화시켰을 때의 그 현상이었다.

Chapter. 94

루인이 다급하게 잿빛 권능을 일으켰다.

촤아아아아아!

순식간에 권능의 영역을 넓힌 루인이 모두를 향해 소리친다.

"모두 제 영역에서 벗어나야 합니다! 시간이 없습니다!"

카젠도 심상치 않음을 느끼고는 사자검을 뽑았다.

"갑자기 무슨 일이냐? 이 거대한 기운은 마치……."

이어 들려오는 루인의 외침에 카젠은 물론 근처의 모든 기사들이 창백한 얼굴로 굳어지고 말았다.

"브라가가 강제로 영검을 열고 있습니다! 이제 곧 소환이 시작될 겁니다!"

"······브라가?"

유일 기사 브라가.

순수한 무력으로만 따진다면 창세 기사 루기스에 버금가는 현시대 최고의 기사.

"물러나세요! 어서!"

촤아아아아아아!

마침내 영검에서 세상을 질식시킬 것만 같은 기운이 흘러나오고 있었다.

루인이 황급히 사람들을 대피시킨 이유는 다시 깨어난 브라가가 날뛸 게 뻔한 상황이었기 때문이다.

브라가는 영검귀속을 앞당기겠다는 빌트리제의 말만 듣고 흡족하게 영검으로 되돌아갔던 상황.

한데 영력을 회복하고 깨어나 보니 그런 빌트리제는 없고 사방에 처음 보는 인간들만 가득하다.

결국 루인을 확인한 브라가에게서 가공할 기운이 흘러나오고 있었다.

겹겹이 들려오는 브라가 특유의 심령음(心靈音)이 사방으로 울려 퍼진다.

<내가 왜 네놈 손에 있는 것이냐?>

쿠쿠쿠쿠쿠쿠—

성곽, 아니 불사조의 성 전체가 흔들리고 있다.

그에 맞서 루인의 가공할 마력이 구현해 낸 것은 흑암의 재(灰)였다.

칠흑 같은 재의 기운이 성곽을 모두 감쌀 무렵 브라가는 가소롭다는 듯이 웃고 있었다.

<또다시 가능하겠느냐?>

물론 브라가는 저 잿빛 권능으로 인해 한 번 낭패를 봤었다.

그때의 루인은 두 명만 지키면 안전을 담보할 수 있었던 상황.

하지만 지금은 상황이 완전히 달랐다.

성곽 위에는 현자 다인과 르마델의 마도학자들, 그리고 하이베른의 혈족들, 또 성곽 아래로 내려가고 있던 생도들까지 보호해야만 했다.

한 차례 훑는 것만으로도 브라가는 그런 상황을 단숨에 알아본 것이다.

진 가문에서의 전투에서 저 흑암의 재가 통했던 것은 좁은 면적에 수십 겹을 둘렀기 때문.

하지만 이렇게 넓은 면적을 그 정도 강도로 보호한다는 것은 불가능했다.

아무리 루인이 초월자라고 하더라도 권능의 총량에는 한계가 있는 것이다.

그때, 기동 훈련을 하고 있던 드래곤들과 검은 비 군단이 급선회를 하며 성곽 쪽으로 날아왔다.

촤르르르—

그그그그극—

불사조 성을 지키고 있던 4기의 진네옴 투드라도 일제히 포신의 방향을 바꾼다.

그 순간 루인이 입꼬리가 기괴하게 비틀렸다.

"안타깝게도 여긴 당신의 진 가문이 아니야. 난 이제 혼자가 아니거든."

마장기를 확인했을 때까지만 해도 별다른 반응을 보이지 않던 브라가였지만, 창공을 가르며 날고 있는 드래곤들과 검은 비 군단만큼은 그도 놀랄 수밖에 없었다.

거대한 드래곤들.

오랜 세월 동안 군집 영혼체로 세상을 살펴 온 브라가로서도 이렇게 대규모로 드래곤이 모여 있는 광경은 처음이었다.

과연 인간의 역사에 이런 적이 있었던가?

<저 고집스런 존재들을 굴복시켰단 말인가?>

그때 지고룡 카알라고스가 거대한 날개를 접으며 성곽

아래에 착지했다.

아래에서 바라본다면 까마득한 높이의 성벽이겠지만 카알라고스의 엄청난 크기로 인해 브라가는 그와 시선을 마주할 수 있었다.

-브라가여. 날 알아보겠는가?

삐딱하게 고개를 기울인 채로 의아한 얼굴을 하고 있던 브라가는 이내 두 눈을 동그랗게 떴다.

<……토벤 쟈오르?>
-허허, 그리운 이름이로군.

고위 존재들에겐 드높은 영격(靈格)으로 인한 특유의 울림이 있었다.
이 고아한 영력의 파동은 틀림없이 브라가가 알고 있는 토벤 쟈오르의 것.

<토벤……>

카알라고스의 거대한 두 눈을 하염없이 바라보고 있는 브라가.

그 이름은 브라가에게도 너무나 그리웠던 이름이었다.

-그대와의 재회가 이렇게, 이런 식일 줄은. 그 운명이 얄궂도다. 결국 그때의 선택이 그대를 이런 모습으로 만들었구나.

누구보다도 인간의 한계에 절망했던 브라가.

죽도록 인간의 삶을 저주하던 그는 결국 금단의 비술에 손을 대 버렸다.

인간의 한계를 돌파하는 유일한 방법을 발견해 낸 브라가가 마침내 결행한 수단.

영혼 키메라.

지금 카알라고스의 눈에 비친 그는 브라가이면서도 동시에 브라가가 아니었다.

고대로부터 자연의 순수를 지켜 온 카알라고스의 입장에서 브라가는 그야말로 끔찍한 존재였다.

수많은 영혼으로 빚어낸 절망적인 혼종.

대체 저 브라가는 얼마나 많은 후손들의 영혼을 먹어 치워 왔단 말인가.

브라가의 두 눈에서 의미를 알 수 없는 눈물이 흘러내린다.

<자네마저 이 나를 저주할 셈인가? 이 브라가는 더

외로워지겠군>

　카알라고스는 마르지 않는 혈기와 순수함을 간직하고 있
던 청년 시절의 브라가를 떠올렸다.
　그 짧은 회상은 그에게 있어 작별의 의식 같은 것이었다.
　이 끔찍한 혼종은 인간계에 존재해서는 안 될 괴물.
　드래곤 일족의 사명.
　세계의 조율자, 자연의 균형을 지켜 내야 할 카알라고스는
그의 존재를 용납할 수 없었다.

　**-이 카알라고스 역시 일족의 사명을 거스를 수 없는 존재.
용서하시게 브라가여. 그 고된 영혼을 내 친히 거두어 주겠
네.**
　<아……>

　브라가의 얼굴이 일그러진다.
　허무와 분노, 반가움과 실망. 그리고 두려움.
　그의 표정엔 뭐라 표현할 수 없는 감정들이 복잡하게 얽혀
있었다.
　하늘에서 용마력이 소용돌이치기 시작한다.
　드레키아 일족 전체가 브라가를 향해 멸살의 의지를 끌어
올린 것이다.

"잠깐, 누구 마음대로? 당신들에게 남모를 사연이 있는 건 알겠는데 상의도 없이 함부로 이러면 곤란하지."

카알라고스의 거대한 눈동자가 스르르 움직이더니 루인을 직시한다.

-이것은 드레키아 일족의 사명. 그대가 참견할 일이 아니다.

"그래, 무슨 말인 줄은 알겠는데 어쨌든 영검은 내 소유야. 당연히 영검 속의 영혼도 내 것이란 뜻이지."

세계의 조율이라는 거대한 과업 앞에서 감히 인간의 욕망을 앞세우고 있었다.

카알라고스는 물러서지 않았다.

-드레키아 일족의 의지를 끝내 거스르겠단 말인가?

"선후가 바뀐 것이 아닐까?"

그 말은 브라가를 죽이겠단 결심을 하기 전에 먼저 자신의 허락을 구했어야 한다는 뜻.

카알라고스는 마음으로부터 끓어오르는 분노를 간신히 집어삼키며 용언을 이어 갔다.

-그럼 그대의 허락을 구하지. 드레키아 일족을 대표하여 요청한다. 우리 일족은 브라가의 죽음을 소원한다.

루인이 싱긋 웃었다.

"미안. 안 돼. 그럴 순 없어."

결국 돌고 돌아 말장난이었다.

지켜보던 카젠이 노한 기색으로 루인을 쳐다봤다.

"대공자."

물론 카젠은 루인을 믿고 있었지만, 알칸 제국과의 전쟁을 목전에 두고 있는 상황에서 굳이 카알라고스를 자극하는 건 어리석은 행위였다.

드래곤 전력을 잃게 된다면 너무나 뼈아픈 전력의 손실.

하지만 루인은 그저 웃고 있을 뿐이었다.

"아버지. 걱정 마세요. 저들의 맹약은 그리 간단한 게 아닙니다."

카젠의 걱정은 철저한 인간의 관점.

일족 전체가 희생되는 한이 있더라도 반드시 맹약을 지키고 마는 것이 드래곤이라는 존재의 자존심이었다.

루인이 브라가를 응시했다.

"이봐. 다시 원래의 인간으로 돌아갈 수 있다면 그렇게 하겠어?"

동요하는 브라가.

<······그것이 가능하단 말인가?>

"가능해. 하지만 지금의 권능을 유지할 순 없어. 말 그대로 다시 평범한 인간이 되는 거지."

<그건······>

문득 루인의 얼굴에서 대마도사의 광기가 번들거린다.

"그럼, 여기서 깔끔하게 죽든가. 저 무식한 드래곤 일족 전체를 감당할 수 있겠어? 그건 아무리 당신이라도 불가능할 텐데."

성체 드래곤 대여섯 마리 정도면 어떻게든 해볼 수 있을 것이다.

하지만 아무리 초월자라고 해도 드래곤 일족 전체의 용마력을 감당할 수는 없었다.

한편 카알라고스는 그런 루인의 행동이 이해되지 않았다.

영혼 키메라로 혼탁하게 뒤엉킨 영혼들이 원래대로 되돌아갈 수 있다면 금단의 비술이라 불리지도 않았을 터.

그건 자신이 아는 어떤 정화 마법으로도 불가능했다.

드레키아 일족의 최고령인 자신이 할 수 없다면 이 세계의 어떤 현자도 불가능하다는 뜻.

-그런 방법이란 없다.

루인이 비웃으며 황제를 향해 눈짓한다.

"황제의 미래시는 해석할 수 있고?"

-그것은……

"그래. 당신에게도 불가해(不可解)겠지. 나도 마찬가지다. 그러니 함부로 오만 떨지 마라. 당신들이 쇠락하고 있는 건 다른 지성을 모두 하찮다고 여기는 그 오만 때문이다."

카알라고스가 침묵하자 루인의 무감한 눈동자가 다시 브라가를 향했다.

"다시 묻지. 평범한 인간으로 되돌아갈 수 있다면 그 선택을 할 수 있겠나? 물론 그 선택의 반대는 소멸이다."

브라가가 영혼 키메라를 선택했던 건 오직 인간을 초월하겠다는 지독한 갈망 때문이었다.

그러므로 초월자의 권능이 사라진다면 영겁에서 보낸 그 지옥 같은 시간들이 모두 의미를 잃게 된다는 뜻.

섣불리 대답할 순 없었으나 그렇다고 지금에 와서 소멸을 선택할 수도 없었다.

드래곤 일족은 물론이고, 저 얄미운 초월자와 그의 군대까지 모두 상대한다는 건 불가능에 가까웠다.

"생각할 시간을 주지. 물론 그리 길진 않을 거야."

카젠은 브라가를 마주한 그 순간부터 그 눈빛에 기사의 열기를 가득 드러내고 있었다.

유일 기사 브라가.

세상 사람들의 가슴 속에 존재하는 위대한 영웅.

아무리 진 가문이 영향력을 발휘했다고 해도 정보의 가공만으론 그런 압도적인 명성을 쌓을 수는 없었다.

그 말은 결국 끔찍한 영혼으로 살아오면서도 그만한 위업을 스스로 쌓아 왔다는 뜻.

루인은 영혼이 저 지경이 되고서도 끝까지 지켜 내고 있는 그의 양심과 인간성을 믿고 싶었다.

영혼 키메라라고 해도 어쨌든 그는 유일 기사였으니까.

<……그리하겠다>

활짝 웃는 루인.

브라가를 향한 자신의 믿음이 마침내 보답받은 것이다.

루인이 거대한 카알라고스의 동공을 다시 응시한다.

"전쟁이 끝나는 순간 난 반드시 브라가를 평범한 인간으로 되돌릴 것이다. 그래서 이 루인이 드레키아 일족에게 요청한다. 그대들의 사명을 유예(猶豫)하라."

-그 무슨······.

"당신이라면 지금 그의 선택이 얼마나 힘든 결정인지를 잘 알고 있을 텐데? 그런데 이 정도도 양보 못 해?"

······.

그렇게 루인은 자신의 이익은 극한으로 챙기면서도 카알라고스에게 빠져나갈 구멍을 내어 주고 있었다.

유예란 말 그대로 시간을 미루는 것.

그저 훗날을 기약하는 것이지 일족의 사명을 지키지 않는 것은 아니기 때문이다.

"정말 이럴 거야?"

결국 카알라고스는 긴 침묵 끝내 거대한 눈을 질끈 감고 말았다.

-그대의 요구를 받아들이겠다.

"좋아."

기분 좋게 다시 브라가를 쳐다보는 루인.

"이렇게 생명 연장의 꿈을 실현시켜 줬으니 이제 당신도 내 부탁을 들어줬으면 좋겠는데."

<그대의 전쟁에 날 전마(戰馬)로 쓰겠다는 것인가?>

　노련한 브라가는 루인의 음흉한 의도를 단숨에 파악하고
있었다.

　하지만 루인은 영웅이라는 작자들이 무엇을 가장 좋아하
는지를 누구보다 잘 알고 있는 대마도사.

　"이건 내 전쟁이 아니야."

　의문을 품고 있는 브라가에게로 루인의 섬　한 미소가 날
아든다.

　"세계의 멸망을 막아 내기 위한 전쟁. 악마로부터 인류를
지켜 낼 지옥 같은 전장이다. 유일 기사의 최후로는 더할 나
위 없는 전장이지."

　카젠은 그런 루인을 바라보며 쓴웃음을 머금고 있었다.

　하이베른가의 대공자, 자신의 아들 저 루인이 이 혼란스러
운 전장의 중심에서도 유일 기사까지 포섭해 버린 것이다.

　아득한 남쪽을 바라보고 있는 아렐네우스 황제의 얼굴에
점점 짙은 그늘이 드리워지고 있었다.

　루인의 막사 주변에서 불안한 표정으로 서 있는 시론 일
행.

사자왕 카젠과 함께 전선 시찰을 나간 후로 루인은 일주일째 돌아오지 않고 있었다.

"하, 매도 먼저 맞는 게 낫지 이거야 원…… 불안해서 미치겠네."

"이게 다 너 때문이야! 황제와 열상 사진 찍자는 아이디어는 너였으니까!"

"음? 재밌겠다며 해 보자고 한 건 너였던 것 같은데?"

"시끄럽다."

시론과 세베론, 리리아가 투덜거리는 모습을 바라보며 다프네는 배시시 웃고 있었다.

"그런대로 효과는 좋았잖아요. 우리가 사람들의 시선을 모으는 사이 결국 루인 님은 원하는 것을 쟁취하셨어요."

"음. 그건 그래. 그런데 정말 그 유령이 유일 기사가 맞는 걸까?"

"뭘 그런 걸 의심하고 그래요?"

그때, 저 멀리서 루이즈가 걸어오고 있는 모습을 발견한 시론이 반갑게 손을 흔들었다.

"루이즈! 여기야 여기!"

루이즈도 부드러운 미소로 친구들을 맞이했다.

〈루인 님이 오고 계세요.〉

"그, 그래?"

침을 꿀꺽 삼키며 긴장하기 시작한 시론.

곧 숙영지 전체가 새하얀 빛에 휘감겼다.

엄청난 빛무리가 잔열과 함께 잦아질 때쯤 루인과 카젠이 천천히 드러나고 있었다.

"아니, 루이즈. 이젠 공간 이동의 탈출 좌표까지 감지할 수 있는 거야?"

〈뭐라 설명할 순 없지만…… 네, 그렇게 됐어요.〉

시론은 소름이 돋았다.

루이즈의 고유 권능인 영안(靈眼).

그것은 아무리 해석하려 해 봐도 이해할 수 없는 영역의 감각이었다.

영혼이 사유하는 감정을 느끼는 것도 불가사의했지만, 어떻게 그런 추상적인 감각이 공간 이동진까지 느낄 수 있게 해 주는 건지는 더욱 이해되지 않았다.

〈저만 달라진 건 아닌 것 같은데요?〉

"뭐……."

씨익 하고 웃고 있는 시론.

시론뿐만 아니라 다른 동료들의 표정에도 자신감으로 가득했다.

그들에게서 흘러나오고 있는 마력의 파동, 그 결이 과거와는 완전하게 달라져 있었다.

〈다프네와 리리아. 특히 리리아 님은 더 놀라워요.〉

다프네는 이미 헤어지기 전에도 마법사들에게 있어서 마의 장벽이라 불리는 7위계를 정복한 뛰어난 기량의 마법사.

반면 리리아는 분명 6위계의 마법사였다.

한데 지금은 오히려 다프네보다 훨씬 강력한 마력의 파동이 그녀에게서 흘러나오고 있었다.

〈하지만 이 마력은…….〉

그것은 어브렐가의 마법사에게 느껴지는 특유의 마력 파동, 즉 멸화가 아니었다.

오히려 훨씬 강맹하고 도도한, 마치 용마력과 비슷한 느낌을 주는 마력 파동이었다.

"그래. 그건 나도 궁금했어. 너, 설마 구현 방식을 바꾼 거냐?"

조용히 고개만 끄덕이는 리리아.

"아니, 그런 미친 짓을?"

한번 익힌 마력의 구현 방식을 전혀 다른 궤를 지닌 운용법으로 바꾼다는 것은 그동안의 노력이 모두 수포가 될 수 있는 위험성을 내포하고 있었다.

그런 도박에 가까운 짓을 했을 때는 그만한 이유가 있을 터.

곧 뭔가 깨달은 듯 다프네가 두 눈을 동그랗게 떴다.

"설마 그 수련법을 계속해 온 건 아니겠죠?"

"응? 그 수련법이라니?"

어리둥절한 표정으로 서 있던 시론과 세베론이 이내 핼쑥해진다.

"재구축……?"

"마, 말도 안 돼!"

서클을 부수고 다시 재생하는 것을 수도 없이 반복하는 그 광기의 수련법을 지금까지 해 왔다니?

대체 왜? 무슨 이유로?

"확실히…… 그 재구축 수련법을 계속해 왔다면 마나 운용법을 바꾸는 건 쉬운 일이야. 어차피 새롭게 생성된 서클이라면 굳이 적응할 필요도 없을 테니까."

"그러다 정말로 경지가 하락하면? 아니 대체 왜 그런 걸 계속해 온 거냐?"

"믿었다."

"뭐?"

루인은 재구축 수련법이야말로 자신의 마도(魔道)와 견줄 수 있는 유일한 방법이라 역설했었다.

리리아는 그런 루인의 말을 한 번도 의심한 적이 없는 것이다.

"루인이 말했던 그 헤스론이라는 자. 어쩌면 테아마라스를 능가하는 위업을 이룩한 마법사일지도 모른다."

확고한 신념이 느껴지는 리리아의 대답에 모두가 집중하고 있었다.

다프네가 가장 먼저 호기심을 드러냈다.

"근거는요?"

"내가 증거다."

ㅊㅊㅊㅊㅊㅊㅊ—

명확하게 자신의 마도(魔道)를 드러낸 리리아는 전혀 다른 존재로 변해 있었다.

마치 그것은 드래곤의 힘.

모두의 머릿속에서 거대한 드래곤이 포효하는 광경이 그려질 정도로, 그야말로 질릴 만큼 강렬한 마력의 파동이었다.

"설마 이건……."

"7위계! 아니 8위계인가?"

"이, 이거 누가 봐도 용마력이잖아? 뭐야 너? 뭐가 어떻게 된 거냐고!"

"……들은 적이 있어."

모두의 시선이 다프네에게로 쏠린다.

"멸화의 운명을 타고난 어브렐가의 가계에서 극히 예외적으로 발생하는 변종. 그 변종은 멸화의 저주에서 자유로운 존재예요."

"변종?"

"용족의 피를 이어받은 이점은 고스란히 지니고 있으면서도 완벽하게 멸화를 극복한 존재. 그들이 출현할 때면 어브렐가는 언제나 르마델의 마도를 지배했죠."

다시 모두의 시선이 리리아에게 모인다.

리리아는 담담하게 고개를 끄덕였다.

"아버님이 내게 드리미트 님의 마도서를 내어 주셨다."

"드, 드리미트!"

어브렐가의 역사 속에서 시공마학자 에릭진저와 더불어 가장 위대한 명성을 구가하던 마법사의 이름이었다.

"역시! 멸화의 운명에서 완벽하게 자유로워진 어브렐가의 혈족만이 그의 마도를 이을 수 있다고 들었어요!"

루인이 제조한 비약을 마신 후로 리리아의 멸화는 완전히 사라지게 된 것.

그러나 다프네의 표정은 금방 의아함으로 물들었다.

분명 루인은 그 비약을 마시면 어브렐가의 우성 인자, 즉 용족의 특성이 모두 사라질 거라고 언급했기 때문.

"용족의 재능이 사라진 게 아니었나요?"

"그랬지."

"그럼 어떻게……?"

리리아의 마력은 분명 용마력처럼 강대했다.

어브렐가의 우성 인자가 모두 사라졌다면 설명될 수 없는 일이었다.

"그래서 헤스론이라는 마법사의 재구축 수련법이 대단한 거겠지."

"보여 줘!"

전설적인 명성을 구가하는 드리미트의 마도가 궁금한 것은 모두가 마찬가지.

하지만 어느새 리리아의 시선은 다른 곳을 향해 고정되어 있었다.

"루인."

"앗!"

막사 앞으로 다가온 루인이 질식할 듯한 눈빛으로 자신들을 쳐다보고 있다.

머나먼 창공을 닮아 시린 눈빛.

시론이 쭈뼛거리다 뒷걸음질을 쳤다.

"아하하? 왜 그런 눈이지?"

루인이 루이즈를 응시했다.

"마력 영점을 조절하는 일은 모두 끝마쳤나?"

〈높은 수준의 마법사님들답게 습득이 빨랐어요.〉

"그럼 이제 배치해도 되겠군."

〈아뇨. 아직 마력 동조율이 미진한 분들이 몇 분 더 계세
요. 시간을 사흘 정도만 더 주세요.〉

"사흘이라……."

복잡한 수료 과정도 없이, 최대한 간결하게 핵심만 교육
하고 있는데도 아직 오너 매지션들의 역량이 완성되지 않은
것.

그러나 이마저도 마력에 대한 뛰어난 감각과 해석을 지닌
루이즈가 있기에 가능한 일이었다.

물론 드래곤들이 나서 준다면 더할 나위 없이 좋겠지만,
마장기를 극도로 혐오하는 그들에게는 불가능한 부탁이었
다.

"하루로 줄여."

〈네? 그건…….〉

"잘 해내리라고 믿는다."

< ……알겠어요. >

　직접 루인에게 오너 매지션 교육을 받아 본 시론 일행은 이 요구가 얼마나 말도 안 되는 요구인지를 잘 알고 있었다.

　이미 저만치 사라져 간 루이즈를 쳐다보던 다프네가 다시 루인을 응시했다.

　"너무 조급해 보여요."

　"뭔가 착각하고 있군. 다프네."

　"네? 제가 무슨……."

　"지금은 전시다. 지휘부의 결정과 판단에는 13만 병사들의 생사가 달려 있다는 뜻이지."

　"아……."

　"지금 너와 내가 서 있는 이 땅은 그런 전장이다. 감정은 모두 머릿속에서 비워 내라. 나는 루이즈가 지쳐 쓰러진다고 해도, 그런 그녀의 희생으로 수만 명의 군사들을 살릴 수만 있다면 망설이지 않을 것이다."

　최대한 빨리 마장기의 구동 준비를 마치는 것.

　루인에게 있어 그 일은 이 남부 전선의 지상 과제였다.

　마장기 전력의 절대적인 우위를 활용하지 못하는 상태에서 알칸 제국의 침공을 견뎌 낸다는 것.

　그것은 곧 엄청난 희생을 야기하는 일이었다.

　그때, 현자 에기오스가 마도학자 네레스와 함께 루인의

막사에 나타났다.

"날 불렀는가?"

루인이 무표정한 얼굴로 로브의 품을 뒤져 미리 준비해 둔 마법 스크롤을 꺼냈다.

루인이 내민 마법 스크롤을 유심히 살피던 에기오스가 의문을 표시했다.

"이게 무엇인가?"

"특정 재료를 배합하여 아칸베릴을 창조해 낼 수 있는 알칸 제국의 연금 조합법입니다."

마도학자 네레스의 얼굴에 금방 경악이 서렸다.

"그, 그게 사실입니까?"

짧게 설명을 이어 가는 루인.

"일견 간단해 보이지만 시료의 배합과 정교한 회로 구축에 많은 공을 기울여야 완성할 수 있는 연금법입니다. 단 하나의 공정도 소홀할 수 없다는 뜻입니다."

현자 에기오스가 서둘러 스크롤을 펼치더니 연산하기 시작했다.

놀라운 이론, 그 창의성이 가히 혁명적인 수준이었다.

잊힌 고대의 이론부터 현대 마도를 이끌고 있는 첨단 학술들의 나열, 마치 그것은 인류의 마도 전체를 관통하고 있는 무엇이었다.

하지만 문제가 있었다.

"이 연금법대로라면 마정석의 소모가 정말 말도 안 되는 수준이네. 마력 치환비가 백분의 일도 되지가 않아. 이건 너무 비효율적일세."

연금에 소요되는 철광석의 양도 터무니없었지만 필요한 마정석에 비하면 아무것도 아니었다.

100킬로그램의 마정석으로 고작 1킬로그램의 아칸베릴 광석을 간신히 얻을 수 있는 것이다.

아칸베릴 광석이 아무리 귀하다고 해도 백분의 일이라는 처참한 치환비를 견뎌 낼 가치가 있을까?

하이베른가가 파네옴 광산에서 마정석을 채굴할 수 있다고 해도 이 정도 치환비라면 감당할 수 있는 수준이 아니었다.

"알칸 제국은 아칸베릴 아머를 전군에 보급했습니다."

네레스는 그런 루인의 말이 헛소리처럼 들릴 뿐이었다.

"마, 말도 안 되는! 그건 있을 수 없는 일입니다!"

알칸 제국이 아무리 부유하다고 해도 그런 미친 짓은 대륙에 존재하는 모든 마정석을 쏟아붓는다고 해도 불가능한 일이었다.

그러나 루인의 생각은 달랐다.

이미 자신은 몽마의 타액이라는 마계의 물질이 현 세계에 존재하는 것을 목격한 상황.

마신 에오세타카가 고작 몽마의 타액이나 가져오려고 그 엄청난 권능을 희생하진 않았을 터였다.

차원의 통로를 연결하는 일은 마신과 같은 초고위 존재들에게도 엄청난 부담이었다.

"이미 필요한 마정석은 성의 근교에 야적해 두었습니다."

"야, 야적?"

아무리 흔해졌다지만 그 귀한 마정석을 노지에 야적해 두었다니?

"어, 어디에 말인가?"

그 순간 루인의 시선이 향한 곳.

비로소 현자 에기오스와 마도학자 네레스의 시야에 거대한 뭔가가 들어온다.

성루의 위까지 치솟아 있는.

마치 산처럼 거대하고 칙칙한 광석.

에기오스가 믿을 수 없다는 듯이 연신 눈을 껌뻑거린다.

"설마 저게……."

"순수한 마정 덩어리입니다."

그 순간 에기오스는 납득하고 말았다.

저 정도 크기라면 훔쳐 갈래야 훔쳐 갈 수가 없는 것이다.

"아아!"

"루인! 저건……!"

헬라게아에 들어가 본 적이 있는 루인의 동료들은 알고 있었다.

헬라게아 내부에 있는 가장 거대한 마정 덩어리.

그것은 루인이 보유하고 있던 마지막 마정이었다.

◆ ◆ ◆

"라 알칸에서 전령이 도착했다."

"병력이 움직인 겁니까?"

"그렇다."

사자왕 카젠과 루인의 대화를 듣는 순간, 막사 내부의 지휘
관들은 일제히 얼굴을 굳혔다.

가장 동요를 드러내고 있는 사람은 소에느였다.

"이렇게나 빨리……?"

"왜? 놈들이 병력을 움직이지 못할 이유라도 있나?"

"빨라도 너무 빠르잖아. 상비군만으로는 불가능한 원정군
이야. 지금까지 알칸은 소집령조차도 내걸지 않았어."

친위 기사 유카인이 말했다.

"그들의 마장기는 움직였습니까?"

고개를 흔드는 카젠.

"동원령에 마장기의 운용이 포함됐다면 닥소스가의 깃발
이 황기(皇旗)와 함께 있어야 하네. 하지만 그런 낌새는 없다
더군."

"이해가 안 됩니다."

기이한 표정으로 눈빛을 빛내고 있는 중년 사내는 포돔의 철혈, 오르테가 공이었다.

루인에게 반기를 든 이후로 봉신가로서의 위세를 거의 잃었던 가스토가.

그러나 소에느의 적극적인 설득으로 오르테가는 다시 사자성의 중앙으로 복귀하는 데 성공했고, 지금은 오히려 과거보다 더욱 영향력이 높아져 있었다.

"본 가의 정찰병들은 우리 진영의 마장기를 확인하고 떠나는 알칸의 척후들을 수도 없이 발견했습니다. 그들은 틀림없이 남부 전선에 배치된 마장기를 모두 확인했을 겁니다."

"그렇겠지."

"그래서 이상한 겁니다 가주님. 무려 60여 기에 육박하는 마장기 전력입니다. 닥소스 놈들이 엉덩이를 움직이지 않고 있다는 건 말이 안 됩니다."

그즈음 루인은 조용히 눈을 감은 채로 벌레들이 보내오는 감각에 집중하고 있었다.

하지만 감각에 집중할수록, 루인의 표정은 점점 기괴하게 일그러지기만 했다.

그런 아들의 표정을 살피던 카젠이 의문을 드러냈다.

"왜 그러느냐?"

"칸드리나의 성문은 열리지 않았습니다."

"뭐라?"

"황군은커녕 진 가문조차 움직이지 않고 있습니다. 또한 칸드리나에 배치되어 있던 어떤 디스트럭션 캐논도 사출구를 빠져나오지 않았습니다. 아크 골렘들도 조용하며, 테오나츠, 황궁의 마법사들도 별다른 움직임이 없습니다."

황당하다는 듯이 굳어져 버린 카젠이었다.

마치 눈으로 보고 있는 것처럼 대답하고 있는 루인의 태도를 이해할 수 없었기 때문.

"그 벌레를 활용하셨군요."

질린 얼굴로 앉아 있는 이는 마도학자 네레스.

벌레의 감각을 공유하는 루인의 초능에 의해 뼈저리게 당한 경험이 있는 그였다.

"으음⋯⋯."

수호자 드베이안 공 역시 진지한 표정으로 고개를 끄덕이고 있었다.

그 또한 벌레를 다루는 루인의 능력에 대해 모르지 않았다.

당시에는 한낱 미물이나 다루는 그를 경멸했지만 막상 전쟁에서 활용되는 모습을 보게 되니 새롭게 보였던 것.

하지만 카젠은 그런 루인의 능력에 대해 아무것도 알지 못했다.

"벌레라니? 그게 무슨 뜻이냐?"

위이이이잉—

루인이 손짓으로 이리저리 파리를 조종하며 입을 열었다.

"전 벌레와 감각을 공유할 수 있습니다. 이미 황도 칸드리나에는 이런 벌레들이 쫙 깔려 있지요."

"허……?"

이곳으로부터 알칸 제국의 수도 황성, 칸드리나까지의 거리는 무려 3천 킬로미터.

지금 루인은 그 머나먼 곳의 동태를 외부의 감각을 통해 제 집처럼 훤히 들여다보고 있다고 말하고 있었다.

다른 이가 말했다면 코웃음 치며 비웃어 버렸겠지만 그런 터무니없는 주장의 당사자가 다름 아닌 대공자.

그 순간 오대봉신가의 가주들을 비롯한 하이베른가의 주요 혈족들의 얼굴에서 핏기가 사라졌다.

그 말인즉, 지금까지 자신들의 일거수일투족이 감시당하고 있었을 확률이 높다는 것.

루인이 사람 좋게 웃으며 주위를 돌아본다.

"제 벌레들을 사자성에 풀었던 적은 없습니다. 지금까지는요."

묘한 어감.

그렇게 극한의 긴장감이 몰아칠 때쯤 카젠이 루인을 노려봤다.

"이 중요한 시기에 지금 뭐 하는 짓이냐."

"죄송합니다."

정중한 예법으로 몸을 숙이고 있는 루인은 분명 웃고 있었다.

대공자의 그런 천연덕스러운 모습에 기가 찼지만 결국 카젠은 굳게 입을 다물고 말았다.

일단은 전쟁이 우선이었다.

"그럼 대체 라 알칸을 빠져나온 병력은 뭐란 말이죠? 군사들이 하늘에서 뚝 떨어진 게 아니고서야 그런 일이 가능해요?"

제국의 소집령도 없었다.

더욱이 황궁 칸드리나도, 양대 가문도 움직이지 않은 상황.

"그러게나 말이오. 대체 우리 첩보원들은 뭘 본 거요?"

"가주님. 정말 신빙성이 있는 정보입니까?"

그 즉시 카젠은 두루마리를 펼쳐 모두에게 봉인을 보여 주었다.

흑룡.

그것은 틀림없는 르마델 최고의 첩보 조직, 자린츠(Zarinch)를 상징하는 문양이었다.

그때.

"충! 긴급입니다!"

전령이 허락도 구하지 않고 지휘 막사에 들어왔다는 건 최고 등급의 급보라는 뜻.

하지만 르마델의 전령은 카젠과 드베이안 사이에서 눈치를 보고 있었다.

엄밀히 말해서 남부 전선의 총사령관은 수호자 드베이안 공이었지만 안타깝게도 그건 명목상의 직책에 불과했다.

이 남부 전선을 실질적으로 경영하고 다스리는 자는 사자왕 카젠.

결국 묵묵히 서 있던 수호자 드베이안이 전령의 서신을 낚아채더니 카젠에게 건넸다.

다급하게 서신을 펼쳐 확인하던 카젠의 동공이 크게 확장되었다.

"왜 그래요?"

"알칸의 원정군이 바홀만 성에 도착했다."

"바홀만?"

"그, 그게 말이 됩니까?"

바홀만 성.

그곳은 이곳 불사조의 성과 불과 수십 킬로미터 떨어진 알칸의 성이었다.

당연히 지휘 막사 내부에는 극도의 혼란이 닥쳤다.

원정군이 출발했다는 소식을 이제 막 들었는데 갑자기 바홀만 성이라니?

수십만 병사들이 한꺼번에 공간 이동이라도 했다는 뜻인가?

그런 마도 지원은 불가능하다.

그런 일이 가능했다면 알칸 제국은 진즉에 베나스 대륙 전체를 지배했을 것이다.

순간 카젠은 바홀만 성과 가장 가까운 남부의 요새를 떠올렸다.

"데인이 위험하다!"

"잠깐, 잠깐만요 아버지."

쥐 죽은 듯한 침묵에 휩싸인 지휘 막사 내부.

표정의 변화는 없었지만 루인은 그 누구보다 당혹해하고 있었다.

'이건 말이 안 된다.'

진군한 지 하루도 지나지 않았다.

제국이 원정군을 꾸렸다면 최소 수만.

그런 거대한 군단이 수천 킬로미터를 압축해 오며 작전을 전개한다?

그런 마도 지원은 초월자인 자신조차 불가능하다.

통상적으로 메스 텔레포트의 최대 한계는 50여 명 남짓.

그마저도 시공마학자 에릭진저의 천재적인 해석과 각 학파에서 새롭게 정립된 이론, 전 세계 마탑의 수많은 시행착오 끝에 이룩한 완성도가 그 정도다.

그 이상의 인원을 함부로 공간 이동진에 올렸다간 아공간의 저편으로 실종되거나 모든 육체들이 허공에서 산산조각나게 될 터였다.

시공을 다루는 마법, 공간 이동진은 그만큼 민감하고 위험했다.

-가능하다.

갑작스럽게 들려온 쟈이로벨의 목소리에 루인이 의문을
드러냈다.

'어떻게?'

-아니. 그런 일을 저지를 수 있는 존재를 알고 있지. 영겁
지대의 초마신 바하르카. 놈의 권능인 공허(空虛)만이 그런
일을 가능케 한다.

들어 본 적이 있다.

마계의 여덟 권역 중 가장 중요한 노른자 땅이라 할 수 있
는 영겁 지대.

저 자존심 강한 쟈이로벨이 초마신(超魔神)이라 칭송하는
존재.

대악신 발카시어리어스의 아성에 도전할 수 있는 유일무
이한 대적자.

바하르카(ⱧⱢ3Ⱪ1ᴄᴀ).

하지만 그는 최초의 마계대전 이후, 영겁에 가까운 시간 동
안 마신들의 세력 다툼에 단 한 번도 어울린 적이 없었다.

그의 목표는 오직 발카시어리어스.

대악신을 무너뜨리고 진정한 마계의 지배자가 되는 것만
이 그가 가진 관심의 전부였다.

쟈이로벨과 같은 반열의 마신이지만 사실상 구름 같은

존재인 셈.

마계의 그 잔혹한 역사 속에서 한 번도 모습을 드러내지 않았던 그가 인간계에 관심을?

전생에서도 그런 일은 일어나지 않았다.

루인은 그런 쟈이로벨의 추측을 단숨에 부정했다.

'그런 초현실적인 존재가 인간 세상에 관심을 가진다니 말도 안 된다!'

-멍청한 놈. 네놈도 한 번씩은 바보 같단 말이지.

'뭐?'

-이미 그런 초현실적인 존재가 이 인간계에 관심을 가졌지 않느냐.

그제야 하나의 생각이 루인의 뇌리를 강타했다.

발카시어리어스!

그러고 보니 그 무시무시한 대악신이 무려 인간과 계약을 한 상황이었다.

바하르카까지 인간계에 관심을 가진다고 해서 하나도 이상할 게 없는 상황인 것이다.

하지만 왜?

초마신 바하르카가 왜 알칸 제국을 돕는 거지?

계약자는 또 누구고?

이런 변수는 생각지도 못한 루인이었다.

비디미르가 마신 에오세타카의 계약자라는 것을 확인했다.

거기에 초마신 바하르카의 계약자까지 나타났다면…….

알칸의 침공을 자신이 유도하긴 했지만 이건 전생과는 너무 다른 양상으로 흘러가고 있었다.

드르륵—

갑자기 루인이 의자를 밀어내며 일어나자 카젠의 무거운 음성이 이어졌다.

"어딜 가려는 것이냐?"

"바홀만 성을 정찰하겠습니다."

"홀로 적진을 정찰하겠다는 뜻이냐?"

심각한 얼굴로 말없이 서 있는 루인.

바홀만 성은 엄연히 자신의 감각권 내에 있는 장소였다.

하나 무슨 거대한 벽에 가로막힌 것처럼 자신의 권능이 뻗어 나가지 못하고 있었다.

초월자의 감각권을 밀어낼 정도라면 같은 초월자의 의지와 권능이 아니고서야 설명될 수 없었다.

이 전쟁, 분명 자신이 의도한 방향과는 전혀 다르게 흘러가고 있었다.

"오라버니. 안 돼요. 대공자의 존재는 우리에게 절대적이에요. 검은 비를 출정시키세요."

"안 돼."

소에느가 루인을 향해 휙 하니 돌아본다.

"명심해 루인. 지휘권은 네게 없어."

루인의 투명한 눈이 다시 카젠을 향했다.

"아버지. 바홀만 성에 초월자가 있습니다."

"초월자?"

역사 속에 몇 번 출현한 적도 없는 초월자가 또 있다니?

루인과 유일 기사 브라가가 있어서 천군만마를 얻은 기분이었는데, 알칸 측에도 초월자가 있다니 카젠의 가슴이 금방 답답해졌다.

"바홀만 성을 제 감각권으로 살피려고 했지만 가로막혔습니다. 최소한 저와 비슷하거나 더 우월한 권능을 지닌 초월자가 있다는 뜻입니다. 직접 확인해야 합니다."

"그렇다면 더더욱 안 돼. 오라버니. 검은 비를 보내세요."

인상을 찌푸리는 루인.

"하늘이라고 무적은 아니야. 검은 비로 초월자를 상대할 순 없어."

"그게 누군데? 우리에게 확인된 정보가 있어?"

"……."

"명심해. 대공자의 마법 주머니 속에 전군에 필요한 보급품의 절반이 있다는 걸. 무엇 하나 확인된 게 없는 상황이야.

153

대공자를 위험에 빠뜨릴 순 없어."

"아버지! 그 초월자를 데인이 상대해야 할지도 모릅니다!"

그때.

"허억! 헉! 층! 그, 급보입니다!"

숨을 헐떡이며 막사에 들어온 전령의 얼굴이 유령을 본 사람처럼 창백해져 있었다.

"무슨 일이냐?"

"신원 미상의 기사가 성문 앞에서 대공자님과의 만남을 요구하고 있습니다!"

미간을 찌푸리는 소에느.

"신원 미상? 왜 처리하지 않은 거지?"

전시에는 신분을 밝히지 않은 자가 함부로 성문에 접근하면 사살하는 것이 원칙이었다.

"그, 그것이 성문을 나섰던 기사들이 그의 일격에 모두 즉사했습니다!"

"뭐?"

이미 루인은 막사 밖으로 사라진 후였다.

Chapter. 95

그가 걸친 치장은 별것이 없었다.

사슬 투구, 아무렇게나 걸친 롱소드, 빛바랜 판갑, 심지어 그는 전마(戰馬)에 올라탄 기사도 아니었다.

대제국 알칸을 대표하는 사자라 하기에도 애매했고, 기수라기엔 더더욱 볼품없었다.

무엇보다 그는 너무 작았다.

워낙 왜소한 체구 탓에 마치 롱소드가 대검처럼 보일 정도로.

루인의 투명한 시선이 해부할 듯 상대를 직시하고 있을 때 산발한 머리칼에 감춰져 있던 그의 입매가 기이한 각도로 비틀렸다.

"성 밖에서 사자(使者)를 맞이할 셈인가?"

루인은 굳이 대답하지 않았다.

그저 처참한 모습으로 죽어 있는 하이베른가의 기사들을 살필 뿐이었다.

"아, 내가 이들을 죽였다고 사자 취급을 하지 않는 건가? 큭. 하지만 이곳은 전장이지. 검을 겨눴는데도 내가 상대해 주지 않았다면 저들은 모욕을 느꼈을 것이다. 기사니까."

그 순간 극도로 차가운 목소리가 루인의 잇새를 비집고 흘러나왔다.

"알칸의 기사가 아닌가?"

알칸의 기사들에게서 나타나는 공통적인 특징.

헤볼 찬 황제를 신(神)으로 숭앙하는 이상 그들의 집단적인 행동 양식은 거의 성기사에 가까웠다.

한데 눈앞의 상대에게는 그런 신실한 감정이나 태도가 느껴지지 않았다.

"나? 당연히 알칸의 기사가 아니지."

루인은 오히려 당연하다는 듯한 태도로 웃고 있는 그를 더욱 유심히 살피고 있었다.

비록 낡고 볼품없지만 그가 걸치고 있는 갑주와 무기는 분명한 알칸의 제식.

그럼에도 그는 자신이 알칸에 속한 기사라는 사실을 애써 부정하고 있었다.

하지만 그 모든 모호한 점을 차치하고서라도 놈은 특별했다.

놈은 초월자였다.

자신의 감각권을 빈틈없이 막아 내고 있던 바홀만 성에서의 존재감이 바로 눈앞에 다가와 있었다.

더 큰 문제는 그의 경지가 가늠조차 되지 않는다는 것.

"넌 누구지?"

과거의 삶에서도 초월자는 극소수였다.

악제, 그리고 극소수의 군단장들.

자신과 검성이 가장 초월자에 가까웠으나 단지 그뿐이었다.

불행하게도 그때의 인류 진영에는 악제군의 초월자들을 상대할 만한 영웅이 없었다.

막상 추측할 수 없는 경지의 초월자를 마주하게 되자 그 암울한 시절이 떠올라 루인의 표정은 더욱 굳어져 있었다.

나른한 시선으로 성곽을 훑고 있던 미지의 초월자가 천천히 투구를 벗는다.

순간 그의 권능이 씻은 듯이 사라져 버렸다.

"마치 잔뜩 털을 세운 고양이 같군. 굳이 그럴 거 없다. 단지 너와 얘기가 하고 싶은 것뿐이니까."

말없이 굳어져 버린 루인.

그가 투구를 벗는 순간 루인은 마치 하늘 끝까지 치솟아 있는 거대한 벽을 마주한 느낌이 들었다.

안다.

분명 자신은 이 초월자를 알고 있다.

하지만 끔찍한 악령이 온몸에 달라붙는 듯한 이 더러운 기분은 단순한 불행의 예감 같은 것이 아니었다.

대마도사의 영혼에 형벌의 낙인처럼 아로새겨져 있는 감각.

그것은 스스로 영혼을 찢어 복종하고 싶은 뇌쇄(惱殺)이자 공포에 지배당한 자의 절규였다.

그 순간 들려오는 쟈이로벨의 다급한 영언.

놈의 눈을 보지 마라! 빨리! 놈을 외면해!

마치 상대의 의지가 루인의 뇌 속으로 직접 투사되는 느낌.

그것은 마계의 지배자로 군림해 온 쟈이로벨로서도 처음 겪는 종류의 미혹(迷惑)이었다.

드높은 영격을 자랑하는 루인이 이렇게 쉽게 흔들린다는 것을 쟈이로벨은 도저히 믿을 수 없었다.

하나 루인은 시선을 외면하지 않았다.

대마도사의 영혼이 고작 미혹 따위에 흔들린다는 것을 결코 용납할 수 없었기 때문.

루인은 점점 이지러져 가는 시야를 악착같이 부여잡으며 미지의 초월자를 쳐다보았다.

"군단인가……?"

상대의 투명한 얼굴.

의미를 둘 만한 감정의 진폭도, 선명한 의지도 느껴지지 않는다.

그의 얼굴에는 마땅히 있었어야 할 인간의 인격 자체가 말살되어 있었다.

마치 무생물을 보는 것 같은 느낌.

문득 그의 입매가 기이한 호선을 그린다.

"역시 대단해. 내 정신 지배를 정면으로 받아 내고도 제정신을 유지할 수 있다니. 처음이군. 이런 경험은."

정신 지배?

악제의 사념 침범을 제외한다면 그런 끔찍한 권능을 지닌 존재는 자신이 아는 한 단 한 명뿐이었다.

"……악령?"

'복속의 군주' 혹은 '절규하는 악령'이라 불렸던 자.

출신, 성별, 외모 등 모든 것이 신비에 싸여 있던, 오히려 악제(惡帝)보다도 더욱 비밀스러웠던 존재.

"악령? 듣기 싫지만은 않은 호칭이군."

그가 투명한 유리처럼 웃고 있다.

그 악마적인 미소를 눈앞에서 마주하자 루인은 그가 '절규하는 악령'이라는 것을 더는 의심하지 않았다.

영혼 수집가 하벨과 더불어 가장 악랄한 군단장으로 불렸던 자.

군단장 라벨랑제.

소름 돋는 그의 실체, 놈의 진면목을 드디어 이번 생에 이르러서야 마주한 것이다.

"······라벨랑제."

순간 놈의 얼굴에서 처음으로 감정 비슷한 것이 일렁인다.

뭔가 알 수 없는 단면이 일그러진 듯한 그의 표정이 말하고 있는 건 역시 호기심이었다.

"날 어떻게 아는 거지?"

세상의 어두운 곳, 평생을 유령과 함께 살아온 자신을 알고 있다는 것을 라벨랑제는 선뜻 이해하지 못하고 있었다.

자신을 알고 있는 사람은 세상 밖으로 자신을 이끌어 준 '그분'이 유일하니까.

"그래. 네놈이란 말이지."

그렇게 대마도사는 마음의 평화를 얻었다.

미지(未知)가 두려운 것이지, 정체를 알게 된 이상 전생자인 자신이 모든 면에서 유리했다.

어느덧 루인은 라벨랑제가 입고 있는 갑옷의 제식에 주목하고 있었다.

곧 일어날 전쟁의 한복판에 나타나 굳이 알칸의 병사로 위장하고 있다는 것.

그 말은 애초에 이번 전쟁에 악제군이 개입되어 있었다는 뜻이다.

"누구의 사자(使者)로 온 거지? 알칸 제국은 아닐 테고."

"그분이다. 이렇게 말하면 충분히 알 거라더군."

놈들은 자신들의 주인을 결코 악제(惡帝)라는 멸칭으로 부르지 않는다.

저 라벨랑제가 '그분'이라 부를 사람은 역시 단 한 명, 테아마라스.

"놈의 전언은?"

"청염을 받아들이고 멸망의 종복(從僕)이 되는 것. 그것이 너의 예정된 선택이자 유일한 본분이라고 말씀하셨다."

결국은 군단장이 되라는 말이었다.

비록 낡고 헐어져 더 이상 닳을 것도 없는 영혼일지라도 이것은 분명한 모욕이었다.

자신이 어떤 운명을 걸고 이 자리에 서 있는지를 놈들은 결코 깨닫지 못하고 있었다.

대마도사는 비웃었다.

비틀린 웃음이 사람의 얼굴에 어울리기는 참으로 어려울 텐데 그에게는 진실로 어울렸다.

"그게 전언의 전부인가?"

"물론 더 있지."

루인은 기다렸다.

스스로 결심하기 전까진 결코 입을 열지 않을 놈이라는 걸 이미 잘 알고 있었기 때문이다.

"아르디아나."

라벨랑제가 오랜 침묵을 깨고 터뜨린 말은 루인을 당황시키기에 충분한 것이었다.

성녀의 이름이 놈의 입에서 튀어나오리라곤 상상도 해 보지 못한 것이다.

"그분께서는 그녀를 구속하고 있다. 그녀를 살리거나 소멸로 이끄는 건 오직 너의 몫이겠지."

성녀 아르디아나.

그러나 그녀의 진실된 정체는 무려 주신 알테이아였다.

더구나 그녀는 분명 이알스토와 헤타르아가 함께 움직이고 있다고 했다.

헤타르아는 무려 전쟁의 신.

권능의 파괴력, 순수한 강함의 척도만을 따진다면 그는 주신 알테이아보다 더욱 강한 존재였다.

아무리 악제라도 인류의 역사 그 자체라고 할 수 있는 신(神)급 반열의 '존재'들을 모조리 제압했다고?

그런 건 현재의 자신이나, 자신이 본 가장 강한 초월자인 사히바에게조차 불가능한 것이었다.

특히 지금 이 시기의 악제는 아직 미완(未完)의 공포.

만약 성녀가 납치된 것이 사실이라면, 역사가 비틀려도 너무 심하게 비틀려 가고 있었다.

루인의 표정이 악귀처럼 일그러진다.

"증거는?"

순간 라벨랑제는 어떤 감정도 떠오르지 않은 표정으로 무언가를 내밀었다.

"……."

놈의 손에 올려져 있는 것을 확인한 순간 몸을 움직일 수가 없다.

잿빛 구름처럼 일어난 루인의 권능이 세상을 온통 지배할 것처럼 위세를 떨친다.

끝 모를 분노로 토해지는 대마도사의 목소리.

"네놈들 모두를 죽인다. 기필코 네놈들을 모두 찾아내서 멸할 것이다. 그 일에 내 이름을 걸어 주지."

"오, 마치 마족 같은 뉘앙스군."

목적하고자 하는 바를 반드시 완수하려고 결심했을 때 이름을 거는 루인의 독특한 의식은 마신 쟈이로벨의 영향.

스스로 '존재의 맹세'를 다짐했을 때 마족들은 불멸자의 영생마저 포기한다.

이를 악문 채로 아르디아나의 잘려진 손을 응시하던 루인이 다시 라벨랑제를 죽일 듯이 노려본다.

"지금 이곳에서. 네놈부터."

순간 대마도사의 잿빛 권능이 세상을 짓이기는 검처럼 라벨랑제에게 짓쳐 든다.

콰아아아아아아앙!

상상도 할 수 없는 압력, 음속을 넘나드는 충격파가 거대한 지각 해일을 일으킨다.

그 광활한 충격파에 불사조의 성 전체가 거칠게 흔들렸다.

그러나 절규하는 악령 라벨랑제가 이렇게 쉽게 죽을 리는 없었다.

촤르르르르!

이어 구현된 무량대수(無量大數)의 잿빛 비.

극도로 진화된 루인의 마력 칼날은 마법이라기보단 세계를 진멸하는 재앙에 가까운 것이었다.

희뿌연 먼지가 모두 잦아들었을 때쯤.

라벨랑제는 허공에 몸을 띄운 채로 루인을 투명하게 내려다보고 있었다.

그의 입술이 씰룩거리자.

ㅊㅊㅊㅊㅊㅊ—

공간을 찢고 튀어나온 무언가는.

'뭐……?'

전신이 투명한 유령, 아니 너무나도 거대한 유령 형태의 괴수였다.

그것은 지금까지 전설로 치부되어 온 암흑소환술이었다.

-사역마다! 아질란트의 사역마를 어떻게 인간이……?

영겁 지대의 상급 마왕, 소환술사 아질란트.

지금 라벨랑제는 그런 위험한 마계 존재의 사역마를 물질계에 소환한 것이었다.

-대체 저 소환 형태는 뭐지?

본디 마계와 인간계의 차원 형질은 확연하게 달라서 어떤 마계의 대존재도 완벽한 현신이란 불가능하다.

마신 쟈이로벨조차 본체를 소환한다면 유지 시간이 수십 분에 불과한 것이 바로 그 단적인 예.

저 사역마도 완벽한 소환 형태가 아닌 투명한 유령 같은 형태다.

하지만 이상한 건 마계에서의 위력이나 존재감을 고스란히 유지하고 있다는 점이었다.

루인이 무량대수의 잿빛 칼날을 드리운 채로 이죽거린다.

"고작 아질란트의 계약자인가."

"뭐? 계약?"

피싯.

라벨랑제의 두 눈에서 사이한 진녹빛 기운이 흘러나오기 시작한다.

다시 정신이 아득해짐을 느끼고는 황급히 정신 방벽을 치는 루인.

"이것도 굳이 계약이라 부른다면 계약이겠지."

그 순간, 무언가가 라벨랑제의 입에서 토해졌다.

영세토록 타오르는 종속의 불빛, 그 끈적하고 역겨운 진녹의 불길에 쟈이로벨이 전율하고 있었다.

타오르는 진녹빛 불꽃에 휩싸인 것은 누군가의 거대한 머리.

놀랍게도 그것은 아질란트의 잘린 머리였다.

희미하게 뜬 마왕의 눈에서 사이한 진녹빛 광채가 끊임없이 흘러나오고 있었다.

-아, 아질란트 놈의 영혼을 먹어 치웠다! 저 인간이!

그때.

ㅊㅊㅊㅊㅊㅊ—

마계 최강의 소환술사가 부리던 끔찍한 사역마들이 구름처럼 소환되기 시작한다.

셀 수조차 없는, 마치 하나의 군단이 되어 버린 사역마 무리들.

-놈은 네크로맨서다! 인간에게 저 가공할 형태가 가능할 줄이야!

네크로맨서(Necromancer).

그것은 잊혀진 고대의 존재.

설화와 전설 속에나 존재하던 어둠의 진명이었다.

전설의 네크로맨서를 실제로 보는 건 루인에게도 처음이
었다.

물론 '절규하는 악령' 라벨랑제는 전생에서 활동했던 군단
장이었지만 그의 진실된 실체를 아는 인간은 존재하지 않았
다. 그를 본 모든 사람이 죽었기 때문이다.

또한 서열 10위 이내의 군단장과의 조우가 우려될 시, 모
든 작전을 종료하고 후퇴하는 것이 영웅들의 교전 수칙이자
인류군의 전술 교범이었다.

어찌해 볼 수 없는 재해(災害)를 앞에 두고 검을 들이민다
는 것은 죽음만을 앞당기는 행위.

눈앞에 펼쳐진 오랜 재해의 실체에 루인은 피가 나도록 입
술을 깨물었다.

-직접 보고 있지만 도무지 믿을 수가 없구나!

쟈이로벨에게도 네크로맨서는 이론상의 존재.

더구나 마계의 대존재라 할 수 있는 마왕 아질란트의 영혼
을 집어삼킬 수 있을 정도라면 영격이나 정신 수준이 마왕을
상회하고 있다는 뜻이었다.

"······모두 네놈의 짓이었군."

인류군 시절.

루인은 죽어 간 수많은 병사들의 부활을 맞이했었다.

오히려 인류군을 공격하는 악제군이 되어 버린 언데드들.

그 사악한 일들이 모두 악제의 사념에 의한 재앙이라 생각해 왔는데 오늘에서야 그 진정한 실체를 마주하게 된 것이었다.

라벨랑제는 끝도 없이 도열해 있는 사역마들의 선두에 서서 사이하게 웃고 있었다.

"더 해볼 텐가?"

치밀하게 연산되고 있는 대마도사의 두뇌.

전설의 네크로맨서가 부리는 사역마들.

그 괴물들은 물리적인 타격에 저항력이 강한 유령 형태다.

초월자의 전능한 권능도 대마도사의 고위 마법으로도 제대로 타격을 입히기 힘든 상황.

더욱이 충돌의 여파로 희생될 성벽 위의 병사들이 언데드가 되어 아군을 공격하기 시작한다면?

전쟁을 시작도 하기 전에 뼈아픈 사기의 하락을 입게 될 것이다.

또한 최악의 경우.

이 루인, 대마도사가 그에게 집어삼켜질 수도 있었다.

초월자의 막강한 권능을 자유자재로 구사하는 언데드의

출현은 르마넬, 아니 세계의 재앙이 될 터.

-내가 나서 보겠다.

그것은 루인과 오랜 세월 생각을 공유해 온 쟈이로벨이기
에 할 수 있는 말.

네크로맨서에게 먹히는 최악의 상황에 직면한다고 해도,
놈이 마계에 본체를 두고 온 쟈이로벨에게 얻을 수 있는 건
고작 강림체에 불과했다. 오히려 위험 부담이 더욱 낮은 것이
다.

그러나 루인은 단칼에 그의 청을 거절했다.

"시끄러."

투명한 루인의 두 눈.

순간 쟈이로벨은 그런 루인에게 뭔가 묘수가 떠올랐다는
것을 직감했다.

순간.

스르르릉.

영검 '모든 이의 포효'가 검집을 빠져나와 새하얀 검신을
드러낸다.

라벨랑제는 저 작은 단검이 인류사에 보기 드문 에고 소드
(Ego Sword)라는 것을 그 즉시 알아보고 있었다.

"호오. 괴상한 영혼이군. 괴물인가."

초월적인 네크로맨서답게 단숨에 영검의 본질을 직시하고 있는 라벨랑제.

그의 두 눈에 떠올라 있는 감정은 놀랍게도 탐욕이었다.

비록 죽은 자들의 세계에 발을 담그고 있는 네크로맨서였으나 그 또한 앎과 지혜를 궁구하는 구도자.

스스스스스—

이내 자욱한 영기와 함께 나타난 유일 기사 브라가.

그 역시 라벨랑제를 발견하고는 두 눈을 동그랗게 뜬 채로 호기심을 드러내고 있었다.

<또 다른 형태의 발악인가. 신이 탄식할 존재로군. 대단하다.>

영검의 실체를 확인한 라벨랑제 역시 그답지 않은 당황한 감정을 얼굴에 고스란히 드러내고 있었다.

오랜 세월 혈족들의 영혼을 흡수하고 흡수하여 진화한 비현실적인 영격의 출현.

헤아리기 힘든 갈망의 소용돌이, 수많은 영혼들의 절규와 비명이 라벨랑제의 감각에는 확연하게 감지되고 있는 것이다.

"어때?"

대마도사의 비릿한 미소.

유일 기사 브라가의 영혼을 지탱하는 힘이란 육체가 아니라 영검의 영력에 기인한다.

영검이 존재하는 한 불사(不死)의 존재라는 것이다.

그 말인즉 라벨랑제의 사역마인 저 유령 무리와 거의 동등한 위력을 발휘하는 존재라는 것.

"큭. 인정하지 않을 수가 없군. 소환술사도 아닌 인간이 그토록 괴물 같은 영혼을 부리고 있을 줄이야."

타격을 입는다고 해도 영검으로 복귀해서 회복하면 그만일 것이다.

하지만 상황이 달라질 건 없었다.

브라가가 비록 상위의 초월자라고 해도 마왕 아질란트가 다루던 사역마들을 한꺼번에 상대한다는 건 계란으로 바위를 치는 격.

"하지만 고작 그놈 하나군. 너와 그 괴물이 나의 자랑스러운 인형들을 모두 상대할 수 있을까? 안 될 텐데?"

그때.

"아아. 이쪽도 더 있다고."

"수야 맞추면 그만이지? 안 그래?"

암갈색 로브를 뒤집어쓴 채로 비릿하게 웃고 있는 시론과 세베론.

"기괴한 형태의 언데드군. 나의 새로운 마도를 시험하기엔 안성맞춤이다."

몸의 굴곡이 여과 없이 드러나는 잿빛 슈트의 리리아.

"꺄아아아! 언데드를 소환하는 네크로맨서라니! 너무 가까이 가지 마요! 아무리 당신이라지만 저 악마는 루인 님조차 버거워하는 초월자예요!"

메모라이징 마법을 잔뜩 소환하며 긴장하고 있는 다프네.

촤아아아아!

"애송이들은 뒤로 물러나 있거라."

스피릿 오러를 폭발시키며 미간 사이로 검을 치켜들고 있는 월켄.

파아아아앙!

"오호, 싸움이다. 싸움!"

굳세게 주먹을 마주치며 천진난만하게 웃고 있는 시르하까지.

이에 루인의 얼굴은 여느 때보다 딱딱하게 굳어 있었다.

그런 루인이 뭐라 말하기도 전에 월켄의 진중한 음성이 흘러나왔다.

"꺼지라고 말할 생각이면 그만둬라. 네 말대로 이건 인류의 싸움이니까."

"……너."

< 언제까지고 저희가 루인 님의 등 뒤에 숨어 있을 수만은 없어요. >

루인은 진노하는 침묵의 영언자를 사선으로 그리며 오연한 표정으로 서 있는 루이즈를 향해 아무런 말도 할 수 없었다.

천천히 친구들을 돌아보는 루인.

곧 루인은 그들의 표정과 눈빛에 압도되고 말았다.

"이봐 친구."

"……."

언제나 장난스러웠던 시론이지만 지금의 그는 완전히 다른 사람으로 변해 있었다.

화르르르르!

거대하게 치솟은 염화(炎火)의 불길.

작열하며 타오르고 있는 거대한 화염의 기운에 루인조차도 깜짝 놀라고 말았다.

"적어도 말이지. 너와 헤어진 후로 세 배는 열심히 살았다."

"……세 배?"

< 우리 모두가 생도 시절의 루인 님을 알아요. >

지켜보던 리리아가 피식 웃는다.

"고작 세 배 가지고 그 난리들인가."

말없이 굳어져 버린 루인.

175

생도 시절의 자신은 대마도사의 정신력이 한계를 느낄 정도로 치열하게 마도를 닦았다.

세 시간에 불과했던 수면 시간.

비루한 육체를 다시 정상으로 되돌리고 온 마음으로 백마법을 연구했던 그 치열한 시간은 결코 쉬운 과정이 아니었다.

한데도 그런 자신보다 세 배는 더 열심히 살았다?

쿠구구구구구구……

지열이 끓어오른다.

용족 특유의 진언(眞言), 어브렐가의 오랜 의지에 화답한 대자연이 거대한 맥동을 시작한다.

"우릴 우습게 보지 마. 루인."

그것은 드넓은 백마법의 바다에서도 최상단에 존재하는 술식 체계인 트렌센던스(Transcendence) 계열, 즉 초보적이지만 9위계에 속하는 마법이었다.

'슈페리어 어스퀘이크(Superior Earth Quake)?'

촤촤촤촤촤촤!

지축이 뒤틀리며 성 밖의 모든 전경이 일시에 무너진다.

그 짧은 순간 사역마들의 대열이 흔들리는 것을 월켄은 놓치지 않았다.

너른 세계를 바라보는 월켄의 심상(心想)에 수도 없는 가상의 착화점이 그려진다.

투기를 넓혀 가던 그는 비로소 완성된 검성(劍聖)의 자아, '진멸의 혼돈'을 구현했다.

중첩, 중첩, 그리고 또 중첩!

마치 원뿔처럼 겹겹이 맺히던 투기의 폭풍이 증폭을 거듭하며 세상을 집어삼킨다.

이후에 펼쳐진 건 장대한 소멸이었다.

콰아아아아아아아아—

인간의 청력으로는 견딜 수 없을 정도의 파괴음이 세계를 집어삼킨다.

패왕 바스더와 함께 완성한 월켄의 캘러미티 카오스(Calamity Chaos)는 전생과는 너무나도 다른 모습이었다.

가히 초월자의 권능이라 불러도 손색이 없을 정도.

흔들림 없는 각오와 결의로 눈을 빛내고 있던 월켄이 루인을 향해 일갈했다.

"뭐 하고 있는 거냐!"

그 즉시 대마도사가 움직인다.

초월 마도사의 의지로 구현된 잿빛 비가 고통으로 몸부림치고 있는 라벨랑제의 사역마들을 향해 일시에 쏟아진다.

한데 그보다 라벨랑제가 한발 더 앞서 있었다.

가가가가각!

거대한 등갑 괴물, 마계의 최상위 마수종으로 군림하는 사우랄리스크의 등장이었다.

놈은 전장에 나타나자마자 광활한 진녹빛 등갑을 드러내며 루인의 수많은 마력 칼날을 모두 받아 내고 있었다.

그러나 초월자의 권능이 깃들어 있는 마력 칼날답게 유령화된 사우랄리스크의 육체임에도 상당한 타격이 있었다.

그때 라벨랑제의 입에서 형언하기 힘든 기운이 흘러나왔다.

키아아아아아아!

파괴된 대지를 뚫고 일시에 솟아오른 사역마들을 맞이한 것은 폭풍과도 같은 바람이었다.

그 어떤 형식에도 구애받지 않는 자유로운 늑대의 춤.

마치 춤사위처럼 느껴지는 시르하의 무투술이었지만 결코 파괴력이 약한 것은 아니었다.

꽈직! 그그극!

시르하의 주먹과 발이 지나간 자리에는 흉측하게 일그러진 유령 괴수들이 가득했다.

전성기의 바람의 대행자, 그 이상이었다.

지지지지직!

분노를 참지 못하고 바람 속에서 뛰쳐나온 괴물의 뇌전 뿔에서 엄청난 스파크가 일렁인다.

그물처럼 뻗어 나간 뇌전 줄기를 휘감은 것은 다프네의 메모라이징 마법, 호라이즌 워터 스웜(Horizon Water Swarm)이었다.

촤아아아아아아!

뇌전의 상극은 역시 수기(水氣).

그러나 뇌전의 기운을 한껏 흡수한 물보라가 그대로 지상으로 쏟아진다면 끝장이었다.

그 순간 시론의 거대한 화염구가 작렬했다.

물보라가 더욱 자욱한 수증기로 변하자, 세베론의 중력 역전(Reverse Gravity) 필드가 안개를 집어삼켰다.

막대한 염동력과 마나를 소모한 후 일시적인 마나번을 겪고 있던 리리아에게서 격렬한 용언이 터져 나온다.

"와이드 아레아 에로우 레인!"

천공에서 일시에 비가 쏟아진다.

물론 그냥 비가 아닌, 강렬한 뇌전을 머금고 있는 뇌력(雷力)의 비가.

끄워어어어어!

캬아아아아아!

뇌력의 비에 그대로 노출된 라벨랑제의 사역마들이 고통의 비명을 지르고 있을 때쯤.

루인의 음울한 시선은 천공을 가르고 있었다.

동료들의 성장을 인정했다.

저들이 이번 생의 새로운 영웅이라는 것도 받아들일 수 있었다.

초인의 경지에 다다른 리리아와 다프네, 그리고 전생의 경지를 압도하고 있는 검성의 등장은 충분히 반가운 것이니까.

그러나 그뿐이었다.

실제로 저 라벨랑제는 지금 웃고 있지 않은가.

"제법 괜찮은 친구들을 두었군."

고통으로 몸부림치고 있던 라벨랑제의 사역마들이 천천히 동체를 일으킨다.

엄청난 타격을 입은 것처럼 보이지만 실상은 완전히 달랐다.

저 유령마(幽靈魔)들은 아무런 타격도 입지 않은 것이다.

히죽.

〈모, 모두 피해요!〉

그 순간 들려오는 라벨랑제의 괴기스러운 웃음소리.

-큭! 크크크큭!

그의 입에서 광기를 머금은 진녹빛 귀기가 흘러나왔을 때.

루인과 브라가가 동시에 흐릿해졌다.

'무슨……'

물론 초월자의 경지가 대단하겠거니 생각은 해 왔다.

한데 그 실체를 직접 목격한 이 순간.

월켄은 그저 선 채로 굳어 버릴 수밖에 없었다.

혼란스러운 심상 때문에 마나홀을 다스릴 수조차 없었던 다프네 역시 아연실색한 얼굴로 서 있었다.

"……지금 제가 뭘 보고 있는 거죠?"

콰아앙!

콰아아앙!

쿠콰콰콰콰콰!

촤아아아아!

보고 있는 장면과 들려오는 굉음 사이에 극도로 이질적인 괴리가 있었다.

그 말인즉 지금 저 두 초월자의 모든 동작이 음속을 아득히 돌파하고 있다는 것.

월켄은 알고 있는 상식과 검술의 체계가 모조리 무너지는 심정이었다.

유일 기사 브라가.

육탄으로 돌격하여 유령마들의 동체를 수도 없이 뚫어 버린 후, 거대한 검의 산을 만들어 방벽을 친다.

방벽으로 밀려드는 적들을 향해 끝도 없는 오러의 폭풍이 몰아치고, 이내 모든 유령마들이 형체도 없이 분해된다.

순간적으로 텅 비어 버린 공간을 향해 몸을 날린 브라가는 곧장 거대한 검풍이 되었다.

그것은 명백한 재해, 아니 세계의 재앙이었다.

하늘과 대지를 잇는 거대한 검의 소용돌이.

그 파괴적인 용오름에 닿는 순간, 모든 물질이 무한의 소멸을 맞이한다.

콰콰콰콰콰콰콰콰!

그것은 경이(驚異)였다.

모든 장애물과 적을 무시하며 직선으로 세상을 집어삼키고 있는 유일 기사의 검풍(劍風).

그 모든 것이 한 사람의 검사가 펼쳐 낸 검술이라는 것을 월켄은 도저히 믿을 수가 없었다.

과연 저런 것을 검술이라 부를 수가 있을까?

문득 시론이 망연자실하게 읊조린다.

"저런데도 악제를 이길 수 없다고?"

문제는 루인 쪽이 더 심하다는 것.

그 역시 모든 마도의 이론과 체계를 붕괴시키고 있었다.

하늘에서 맺히고 있는 무수한 술식들은 하나같이 트렌센던스 등급을 능가하는 초고위 마법들.

문제는 술식의 수였다.

하늘을 뒤덮을 정도로 발현된 잿빛 마나, 그 질식할 것만 같은 흑암(黑暗)이 채 가시기도 전에 술식의 불꽃이 은하수처럼 맺히고 있었다.

술식을 세는 것이 무의미할 지경.

분명 특유의 무식한 염동력으로 구현된 마도일 텐데, 캐스팅 속도가 무슨 메모라이징 마법보다 수십 배는 더 빠르다.

이내 은하수처럼 반짝이던 트렌센던스급 술식들이 일정한 시차를 두고 지상을 향해 작렬한다.

마구잡이도 아니다.

인피니티 마그마 필드, 초전류 증강 터널과 같은 초고위 술식들이 원소 임계 결합, 위상 중력 역장, 초균열 미시 붕괴 등 다양한 보조 술식과 결합하며 수십 배가 넘는 위력으로 변모하고 있다.

마도(魔道)에 대해 조금이라도 조예가 있다면 지금 저 무식한 초고위 술식들의 향연에 의문을 느끼게 될 터였다.

마법의 조종이라는 드래곤에게도 저런 미친 짓은 불가능한 것.

마력이나 염동력 같은 단순한 피지컬의 문제가 아니었다.

저 정도 연산이 가능한 존재란 애초에 있을 수가 없었다.

두뇌라는 기관의 한계가 명확한 이상, 생명체가 발휘할 수 있는 연산력의 범주를 아득히 넘어선 것이었다.

전능(全能).

그것이 바로 모두의 머릿속에 떠오른 단어.

인간은 설명이 불가능한 현상을 맞이했을 때 기적, 혹은 신을 찾기 때문이었다.

다만, 리리아의 두 눈에 떠오른 감정은 그런 경외보단 차라리 절망이었다.

'조금은 다가갔다고 생각했는데…….'

자신이 보고 있는 건 물질계에선 존재할 수 없는, 그야말로 유일무이한 대마도.

대마도사(大魔道士).

단지 그 수식어 외엔 다른 모든 설명이 불필요한 경지.

생도 시절 스스로를 향해 단호하게 대마도사라 일컫던 루인이었기에 눈앞의 비현실적인 경지가 더욱 무겁게 다가온다.

"저건…… 다른 영역이야."

피가 나도록 입술을 깨물고 있는 건 시론도 마찬가지.

"그, 그래! 의기소침해하지 마! 리리아! 애초에 저런 녀석이었으니까!"

하지만 하나도 위로가 되지 않는다. 끝 모를 절망만이 가슴을 짓누른다.

노력했던 만큼, 다가가려 했던 만큼 멀어진 루인.

또다시 그의 거대한 등을 바라봐야만 했다.

"여유 따윌 부리고 있는가!"

어느덧 검성 월켄은 흔들림 없는 시선으로 라벨랑제를 바라보고 있었다.

그제야 루인의 동료들도 의문이 생겼다.

그렇다면 두 초월자의 비현실적인 경지에 저 끔찍한 사역마들이 모두 소멸된 건가?

안타깝지만 그것은 헛된 기대였다.

그워어어어!

끼르르르르!

라벨랑제의 입에서 흘러내린 진녹의 영기(靈氣)는 이미 성 밖 초원 전체를 물들이고 있었다.

소멸되는 만큼, 아니 그보다 더 많은 수의 사역마 무리가 재소환되고 있는 초현실적인 광경.

그렇게 주인의 영기를 먹어 치우며 재탄생한 언데드 군단 은 끝도 없는 행렬을 이루어 루인과 브라가를 향해 날아들고 있었다.

마치 그건 지옥의 한 장면을 보는 것 같았다.

문득 시르하가 고개를 갸웃거리다 싱긋 웃는다.

"그러고 보니 쟤들은 짝짓기가 필요 없는 종족이구나!"

"……아."

대체 뭐라고 대답해야 하지?

이 심각한 상황에서 어울리지 않는 시르하의 헛소리에 결 국 시론이 웃음을 터뜨렸다.

"풉! 참 편하게도 산다. 저 무시무시한 광경을 보고도 고작 그 소리냐?"

"응? 너희들은 왜 얼굴이 죽을상이지?"

"……말을 말자."

갑자기 시르하가 시론과 다프네를 끌어안는다.

난데없는 어깨동무에 시론이 인상을 쓰며 밀치려 하자.

싱긋.

"친구가 강하면 그저 좋은 거야. 함께 힘이 나고 의지가 되지."

"뭐……?"

"우두머리 늑대가 편해 보이지만 실상은 전혀 안 그래. 그권위만큼 더 무거운 책임이 뒤따른다. 그래서 항상 더 외롭지. 마음의 고통도 크고."

"……."

"그래서 우린 대장이 정해지면 아무것도 묻지 않고 오직복종한다. 그가 달리자고 하면 그저 달리는 거야. 사냥에 성공하고 말고는 우리 전사들이 알 바가 아니지."

싱긋 웃으며 어깨를 푸는 시르하.

"사냥의 성공을 걱정하지 마라. 그건 순전히 저 녀석의 몫이다."

"……우리의 대장이라고?"

시론의 질문에 시르하는 아무렇지도 않게 대답한다.

"난 이미 오래전에 그렇게 정했다. 나보다 강하니까. 전사는 늘 강한 자를 존경하고 따른다."

수인족의 깔끔한 논리에 오히려 고개가 끄덕여지는 시론.

그때 시르하가 다프네의 엉덩이를 향해 힐끔거린다.

"음…… 제법 실하게 차오른 것 같은데. 어때? 이 시르하는 너와의 짝짓기를 희망한다."

"꺄아아아악! 뭐, 뭐래 미친놈이!"

저 멀리 루이즈의 얼굴이 부들부들 떨린다.

그 순간 그녀는 저 바보 같은 시르하가 하이베른가에서 내내 철장 신세였던 이유를 깨달았다.

틀림없이 무수한 하녀와 귀족 영애들을 희롱해 왔을 것이다.

물론 단순한 수인족의 사고방식이라 악의는 없다지만 그런 무례를 견딜 수 있는 레이디는 거의 없다고 봐야 했다.

리리아가 유치함을 참지 못하고 다시 전장으로 뛰어들려고 할 때 월켄이 막아섰다.

"그만둬."

"비켜."

놀랍게도 월켄이 검을 들어 리리아를 겨누고 있었다.

"그럴 수는 없다. 난 녀석의 부탁을 받은 입장이니까."

"부탁?"

월켄이 하늘 위를 휘젓고 다니고 있는 루인을 시선으로 가리켰다.

"지금 녀석이 마음껏 실력을 드러낼 수 있는 건 이 월켄이 너희들의 안전을 담보하고 있기 때문이다."

비로소 시론 일행은 자신들 모두를 감싸고 있는 커다란 투기의 배리어, 검막(劒幕)을 확인할 수 있었다.

패왕 바스더의 조언에 마침내 깨달음을 얻어 새로운 경지를 개척해 낸 월켄.

순간이지만 초월자의 권능에 근접하는 혼돈(混沌)의 검을 구사할 수 있는 월켄이었기에 지금 루인의 입장에선 의지할 동료가 그밖에 없었다.

"냉정하게 현실을 직시해라. 지금 네가 전장에 뛰어든다면 루인의 전술 반경은 그 즉시 좁아진다."

"다, 닥쳐……!"

"나라고 이러고 있는 것이 좋을 것 같은가?"

사실 가장 전장에 뛰어들고 싶은 건 월켄이었다.

이렇게 투기의 장막이나 두르며 웅크리고 있는 건 기사인 월켄이 가장 혐오하는 종류의 상황.

이어 다프네의 고운 입술이 열렸다.

"분명 뭔가 생각이 있을 거예요. 우린 루인 님을 믿어야 해요."

하지만 상황은 좋지 않았다.

철저한 파괴와 무한 소환의 숨 가쁜 대치.

결국엔 누구의 권능이 먼저 동이 나느냐의 싸움이었다.

문제는 광활한 초원을 뒤덮고 있는 라벨랑제의 진녹빛 영기가 전혀 줄어들고 있지 않다는 것.

루인의 동료들은 그런 끝도 없는 소모전을 그저 지켜볼 수밖에 없었다.

그때.

콰아아아아아아아아앙!

거대한 화염, 시뻘건 마력광선휘광포가 사역마들에게 작렬한다.

저 멀리 진네옴 투드라가 마력 증기에 뒤덮인 채로 숨을 고르고 있었다.

"아, 안 돼!"

비명을 지르는 시론.

루인과 브라가가 그나마 라벨랑제와 동수를 이루고 있는 건 전장이 성 밖에서 제한되고 있기 때문.

성 내부까지 전선이 확장되면 끝장이었다.

저 두 초월자의 파괴적인 권능이 성 내부까지 닥친다면 아군까지 모조리 재로 변할 테니까.

하나 이미 라벨랑제의 시선, 두 개의 잔인한 녹광이 진네옴 투드라를 직시하고 있었다.

"저 괴물의 시선을 돌려야만 해! 사역마들이 마장기가 있는 성곽 위로 밀려들면 끝장이야!"

"한 발도 움직이지 마라!"

"월켄!"

시론은 굳건한 얼굴로 위치 사수를 고집하는 월켄이 답답하기 짝이 없었다.

그 순간 두 번째 포격이 사역마들을 향해 발사됐다.

콰아아아아아아아아앙!

"대체 누구야! 누구 명령으로 마장기가 구동된 거냐고!"

불사조의 성에 배치된 진네옴 투드라의 오너 매지션은 다프네.

"뻔하잖아!"

그런 오너 매지션의 부재 상황에서 마장기가 구동됐다면 단 하나.

실질적인 총사령관인 카젠의 즉각적인 명령이 하달되었음을 의미한다.

"아들이 위험에 빠졌는데 보고만 있을 아버지는 없다."

사자왕도 마찬가지일 것이다.

아들을 구하기 위해 당장 전장으로 뛰어들고 싶은 마음은.

하지만 결국 그 마음이 불러일으킨 것은 재앙이었다.

절반으로 세력을 가른 유령 사역마 군단이 성벽을 향해 돌진한다.

쿠구구구구구구─

다프네가 성벽 위를 바라보았을 때 이미 병사들은 극한의 공포로 질려 있었다.

그 순간.

"하늘을! 하늘을 봐!"

캬오오오오오!

거대한 드래곤이 하늘을 뒤덮으며 성 밖으로 뛰쳐나온다.

장엄하리만치 찬란한 황금빛 동체, 창세룡 카알라고스의 신성한 현신에 성벽 위의 병사들이 일제히 우레와 같은 함성을 내질렀다.

와아아아아아아!

카알라고스를 따르는 드래곤들이 일제히 거대한 입을 벌린다.

화르르르르르!

형형색색의 드래곤 브레스.

단 한 순간도 명멸하지 않고 대자연의 조율자로서 물질계에 존재해 온 드레키아 일족의 등장이었다.

마장기가 등장하기 전까지만 해도 파괴와 재앙을 상징하던 원초적인 힘은 바로 저 드래곤의 브레스였다.

끼에에에에에에!

드레키아 일족이 동시에 내뿜는 브레스 공격은 가히 초월자의 권능에 못지않았다.

순식간에 잿더미로 변한 초원 지대.

돌진해 오던 사역마들의 흔적은 어디에도 찾을 수 없었다.

한데.

〈모두! 모두 성안으로 피해!〉

느닷없이 들려온 강대한 루인의 영언.

루인의 동료들이 일제히 그의 목소리가 들려온 방향을 바라본다.

"저게 뭐지……?"

저 멀리 보이는 석양 아래, 마치 개미 떼처럼 일렁이고 있
는 무언가.

검성 월켄의 얼굴이 극도로 딱딱하게 굳었다.

"군대, 아니 군단(軍團)이다."

온 가슴을 짓누르는 듯한 거대한 악의(惡意)가.

먹구름처럼 밀려들고 있었다.

Chapter. 96

삐이이이이이—

귓가를 맴도는 이명이 멈추질 않는다.

그것은 대마도사의 영혼에 낙인처럼 새겨져 있는 공포.

오랜 굴종의 마음, 뼛속 깊이 새겨진 패배의 기억이 루인의 가슴을 납덩이처럼 무겁게 만들고 있었다.

'군단…….'

석양이 흩어진 자리.

짙은 어스름과 함께 밀려오고 있는 거대한 청색 귀기(鬼氣)의 무리.

세상이 온통 그 거대한 악의로 물들어 있다.

어디로 시야를 뻗어 보아도 그 끝이 가늠되지 않는다.

비로소 수수께끼가 모두 풀렸다.

르마델의 첩보원들이 감지했던 군사들은 처음부터 군단(軍團)이었다.

각국을 자극하여 그들로 하여금 악제의 출현에 대한 내성을 길러 주려고 했던 대마도사의 계획은 애초에 틀어져 있었던 것.

제국군 따위는 처음부터 없었다.

원래의 신분이 어떻든 지금의 저들은 그저 악제의 사념에 지배당한 괴물일 뿐이었다.

<실로 처절하도다. 저런 가공할 군기(軍氣)는 처음 보는구나.>

웬만한 일에는 좀처럼 동요를 드러내지 않는 브라가조차 얼굴을 굳히고 있었다.

샤이로벨 역시 거대하게 밀려오는 질릴 듯한 광기에 혀를 내둘렀다.

-도저히 인간의 악의로는 느껴지지 않는군. 웬만한 마왕군 이상이다. 저것이 군단(軍團)이냐?

하지만 루인에게 쟈이로벨의 음성은 들리지도 않았다.

분명 눈앞의 거대한 군세는 바훌만 성에서 온 병력이 아닌 전혀 다른 군단.

루인은 최악의 경우를 상정하고 있었다.

지금 이 불사조의 성처럼, 다른 모든 요새들에게도 군단의 병력이 밀려들고 있을 가능성이 있는 것이다.

대규모 국왕 암살 사건이 일어난 지 이제 두 달이 지난 시점이었다.

루인으로서도 악제가 이렇게 빨리 움직이리라고는 상상도 하지 못했다.

'대체 왜지?'

아직 인류에겐 마장기 전력이 고스란히 남아 있다.

모두 합치면 백여 기에 근접하는 엄청난 전력이었다.

더욱이 60여 기에 달하는 르마델의 마장기 전력을 고스란히 드러냈다.

한데도 이렇게 빨리 군단을 움직였다는 것을 루인은 이해할 수 없었다.

"브라가. 우리도 성안으로 진입한다."

<성으로……?>

"놈들도 마구잡이식의 대열로는 성을 함락할 수 없다는 것을

197

잘 알아. 게다가 지금은 밤이다. 틀림없이 진지를 구축하고 날이 밝기를 기다릴 거다."

<저놈은 어떡하느냐?>

브라가가 바라보고 있는 건 라벨랑제였다.

잠시 소강상태지만 여전히 놈은 초원 전체를 진녹빛 영기로 물들이고 있었다. 놈의 유령 사역마 군단도 소모된 영기를 채우며 쉬고 있었다.

"당신과 나처럼 저놈도 만만찮게 권능을 소모했을 거다. 섣불리 성을 공격하진 못할 거야."

<뭐 잘됐군. 나 역시 회복이 필요한 시점이었다>

브라가가 영검으로 다시 되돌아가자 루인도 공간 전이 마법을 반복하며 성문 앞에 도착했다.

루인은 저 멀리 허공에 떠 있는 라벨랑제를 바라봤다.

다행히 별다른 반응은 없었다.

아마도 저 라벨랑제 역시 영기를 회복하려 들 것이다.

월켄이 투기의 장막을 열고 루인을 맞이했다.

"모두 성안으로 들어간다."

루인의 동료들은 어스름과 함께 밀려오는 가공할 군세에

일찍부터 기가 질려 버린 상태. 오히려 루인의 그 말이 반가
울 지경이었다.

그그그그그극—

열린 성문을 향해 빠르게 진입한 루인이 곧장 동료들에게
명령을 하달했다.

"너희들은 지금 바로 마도 지원부에 합류해라. 그리고 다
프네. 넌 당장 네 마장기를 움직인 마법사부터 확인해. 꽤 타
격을 입었을 거다."

아무리 같은 기종의 마장기라도 그 동조율은 모두 다르다.

하나의 마장기를 운용하기 시작한 오너 매지션이 쉽게 바
뀌지 않는 이유가 바로 그 때문.

한 번도 다프네의 마장기를 운용해 보지 않은 마법사는 분
명 정신에 큰 타격을 입었을 터였다.

"아, 알겠어요."

마법사 동료들이 서둘러 흩어지자 루인이 월켄과 시르하
를 응시했다.

"우린 망루로 간다."

루인이 동료들의 손을 잡고 단거리 점멸 마법으로 도착한 곳
은 이 성에서 가장 드높은 망루, '불새의 눈시울'이라는 장소.

그곳엔 이미 사자왕 카젠과 소에느, 그리고 수호자 드베이
안 공을 위시한 르마델의 대신들이 모두 모여 전황을 살피고
있었다.

루인은 저 멀리 전장을 비추고 있는 거대한 렌즈, '불새의 눈시울'을 말없이 응시하고 있었다.

"루인!"

황급히 뛰어와 루인의 이곳저곳을 살피고 있는 소에느.

루인의 무사한 모습에 카젠 역시 안도한 눈치였다.

루인은 혼돈으로 가득한 시선들을 담담하게 마주했다.

"악제의 군단(軍團)입니다."

당혹해하고 있는 르마델의 대신들과는 달리 카젠의 표정은 차분했다.

언젠가는 이런 날이 닥치리란 걸 그 역시 알고 있었다. 다만 그 시일이 너무 빠를 따름이었다.

초월자의 진정한 신위, 마치 전지전능한 신과 같은 루인의 위용을 직접 목격한 드베이안 공은 복잡한 얼굴을 하고 있었다.

르마델의 수호자라는 자신의 이명이 부끄러워졌기 때문.

"설명해 줘. 저 죽지 않는 괴물들은 뭐야?"

루인이 소에느를 담담히 바라본다.

"네크로맨서의 사역마. 아니 언데드라 표현하는 게 좀 더 직관적이겠군."

"어, 언데드?"

소에느에게 그런 괴물이란 고대의 전설에서나 살펴볼 수 있었던 존재.

그런 초자연적이고 형이상학적인 개념이 현실에 도래했다는 것을 그녀는 쉽게 받아들이지 못하고 있었다.

"결국은 우리가 대적할 수 있느냐의 문제다."

루인은 아버지 카젠을 말없이 응시했다.

르마델의 기사들을 이끄는 기수(旗手)다운 각오였지만 그것은 불가능한 일.

과거에도 영웅이 아닌 일반 군사들이 군단장을 대적하는 건 철저한 금기였다.

"주인의 영기(靈氣)가 존재하는 한 언데드의 생명은 무한입니다. 평범한 인간이 상대할 수는 없습니다."

"그 주인이란 자를 제거할 방법은 없는 것이냐."

"……."

두 초월자의 전력을 다한 권능 세례에도 라벨랑제에게 타격을 주기는커녕 사역마들의 장막을 뚫지도 못했다.

그 모든 걸 직접 목격하고도 카젠이 저런 말을 한다는 것.

그것은 그가 이 거대한 군대를 책임지고 있는 사령관이기 때문이었다.

"……아버지."

"너라면 반드시 알고 있을 것이다."

아버지의 확고한 믿음.

하나 그런 아버지의 기대에 자신은 부응할 수가 없었다.

그나마 이렇게 생환한 것도 유일 기사 브라가와 함께 싸웠기 때문이었다.

결국 루인은 아버지에게 현실을 보여 드리기로 결심했다.

"저 네크로맨서는 군단장 라벨랑제입니다. 저보다 상위의 초월자이지요. 물론 모두가 라벨랑제처럼 초월자는 아니겠지만, 적어도 악제군에는 저런 군단장이 삼십 명 이상 존재할 겁니다."

"……사, 삼십 명?"

"마, 말도 안 돼!"

웅성웅성.

르마델의 대신들이 극도로 동요하고 있었다.

저 가공할 네크로맨서만 해도 이 불사조 성의 전력 전부를 감당해 낼 수 있을 것만 같은 무시무시한 초월자였다.

루인이 없었더라면 그 상황이 생각만 해도 끔찍할 지경.

그런 하이베른가의 대공자와 유일 기사 브라가의 합공마저 막아 낸 초월자가 더 있다고 해도 믿기 힘들 판국이었다.

한데 삼십 명이라니?

그게 말이 될 법한 소리인가?

곧바로 모두에게 절망이 닥쳤다.

평소에 대공자가 터무니없는 주장이나 일삼는 자였다면 몰라도 그는 언제나 진실만을 말하는 사람이었다.

"······과연 우리에게 승산이 있단 말이냐?"

극도로 어두워진 카젠의 얼굴.

그동안 그토록 악제(惡帝)를 두려워하던 큰아들을 이해할 수 없었다.

아니 피부로 와닿지 않았다는 것이 솔직한 표현일 것이다.

하지만 저 광기의 군대를 마주한 지금.

그렇게 치열하게 굴었던 대공자의 삶 전부가 이해됐다.

저런 가공할 적을, 저 무시무시한 군단을 이미 한 번 경험하고 패배했다면······.

자신 역시 괴물이 되었을 것이다.

"이해가 되지 않습니다."

루인의 표정에 담긴 감정은 참을 수 없는 의문이었다.

누구보다 악제를 잘 알고 있는 사람은 바로 대마도사.

"각국의 왕들을 암살했다면 그로 인해 발생하는 혼란스러운 상황을 기다렸어야 합니다. 그게 유리하니까요. 너무나도 당연한 전술의 생리입니다."

"으음······."

"한데 굳이 이 시점에, 이렇게 단단하게 방비하고 있는 방어군과 싸움을 벌인다는 건 설명이 불가능합니다. 더구나 우린 마장기 전력을 숨기지도 않았습니다."

마장기가 위대한 것은 인간의 마력과는 달리 발휘할 수 있는 마력이 무한에 가깝기 때문.

마력을 모두 소모한 마법사는 극도의 마나번을 겪으며 전장을 이탈할 테지만, 마장기는 강마력 엔진을 교체하면 그만이었다.

강마력 엔진의 재고만 충분하다면 마장기의 포격은 사실상 무한대인 것이다.

"저는 지금부터 철저하게 마장기를 보호하며 마력광선휘광포만 쏠 겁니다. 그런 걸 견딜 수 있는 군대란 존재할 수 없습니다. 장담하지요. 저 무시무시한 군단도 세 시간만 포격이 지속되면 철수할 수밖에 없을 겁니다."

진네옴 투드라의 살상 반경은 무려 이천 야드.

대규모 병력의 운용 특성상 밀집 대형은 필수적일 테고, 그 말은 마장기의 마력 포격 한 방에 수천 명씩 죽어 나간단 뜻이었다.

그런 마장기가 이 불사조의 성에는 4기가 배치되어 있었다.

"이걸 악제 놈이 정말 모를까요?"

"도저히 치지 않고는 견딜 수가 없는, 극한의 상황에 몰린 것이 아닐까?"

소에느의 질문에 루인은 깊은 상념에 빠져들었다.

하지만 아무리 생각해 봐도 무엇이 놈의 무리한 트리거가 되었을지를 가늠할 수 없었다.

물론 진 가문의 영검을 빼앗아 유일 기사 브라가를 확보하고,

닥소스가의 가주를 죽여 안티 매직 와이엄의 등장을 늦춘 것은 놈에게 치명적일 것이다.

하지만 그것만으로 놈의 무모한 원정이 이해되는 건 아니었다.

악제, 아니 테아마라스는 그 특성상 조금이라도 불리하면 절대 움직이지 않았다.

그 빌어먹을 '벌레'가 등장하지 않은 시점에서 놈은 절대로 마장기를 무시하지 못한다.

"반대도 있소."

"네? 그게 무슨?"

소에느가 수호자 드베이안을 쳐다보고 있었다.

"지금을 최고의 기회라고 판단했을 수도 있지 않소."

전술의 정론이었으나 루인은 수호자의 말을 무시했다.

지금의 어떤 상황도 악제에게 유리한 조건은 없었다.

그때 아렐네우스 황제가 나타났다.

그를 데려온 사람은 학부장 헤데이안이었다.

아렐네우스 황제의 신변은 혹시 모를 암살에 대비해 철저하게 보호되고 있었다.

당연히 루인은 그에게 함부로 신분을 노출하지 말라고 신신당부를 했었다.

"당신이 여길 왜?"

"꿈을 꿨네……."

미래시(未來施)!

황제가 노출을 감수하고 이곳까지 찾아와 본인의 꿈을 언급한다면 단 하나 미래를 보았다는 뜻이었다.

루인이 그를 향해 거칠게 재촉했다.

"말해! 뭘 본 거지?"

곧바로 루인과 황제를 감싸는 투명한 음파 차폐막.

미래의 비밀을 이 자리에서 모두 공유하는 건 극도로 위험한 일이었다.

"그대의 많은 사람들이 한꺼번에 배신할 것이네."

"뭐……?"

전장은 정치적인 공간이 아니다.

결전을 앞둔 이 엄중한 상황에서 누가 함부로 배신을 한단 말인가?

"그들의 영혼은 모두 푸른 불꽃에 불타고 있었네."

그 순간 망치로 뒤통수를 두들겨 맞은 듯한 충격이 휘몰아친다.

언제나 신성한 권능으로 악제의 사념 침범을 막아 주던 인류의 보호막.

그 신성한 존재를 잠시 머릿속에서 지우고 있었다.

비로소 악제의 무리한 결정, 놈을 움직인 결정적인 트리거가 보인다.

성녀(聖女).

놈은 인류의 보호막을 걷어 내는 데 성공했다.

◆ ◈ ◆

루인은 동료들과 황제를 데리고 망루에서 내려와 모든 회의와 면담을 거부한 채 대공자의 막사로 되돌아왔다.

대마도사 시절.

자신이 악제의 사념 침범에 대비하고 또 막아 낼 수 있었던 것은 모두 성녀 아르디아나의 도움 덕분이었다.

그녀의 고유 권능인 신성 결계와 성역 선포(聖域宣布) 없이는 대마도사의 '염동막 제어'란 반쪽짜리 방어막일 뿐이었다.

지금의 자신에겐 악제의 치열한 악의(惡意)로부터 이 거대한 군대를 지켜 낼 능력이 없는 것이다.

성녀의 납치는 아예 자신의 계산에 없던 상황.

도무지 이 끔찍한 현실을 어떻게 극복해 내야만 하는지…….

루인은 아무리 궁리해도 해답을 찾을 수 없었다.

"모든 성을 포기하고 철수하는 것이 좋겠군."

첫마디를 꺼낸 건 월켄이었다.

악제의 사념 침범을 직접 경험한 그는 지금이 얼마나 심각한 상황인지를 루인만큼이나 잘 알고 있었다.

대답 없이 루인이 침묵하자 월켄은 더욱 재촉했다.

"욕망이 없는 인간은 존재할 수 없다. 너도 잘 알고 있을 텐데?"

인간의 마음에 욕념(欲念)이 존재하는 이상, 악제의 사념은 언제든지 자유롭게 침범할 수 있었다.

월켄이 스승님의 빈자리에 잠시 마음이 어지러웠을 때 청염(青炎)은 그 틈을 놓치지 않고 비집고 들어왔다.

그 말은 마음이 조금이라도 불안정하거나 비틀려 있다면 끝장이라는 뜻이었다.

"우리가 도망갈 곳은 있고?"

월켄을 향해 질문을 던진 건 시르하.

"무슨 뜻이지?"

"난 바람결을 읽어. 그래서 잘 알지. 저 치열한 악의의 바람이 모든 곳에서 불어오고 있다는 걸."

루인의 안색이 더욱 창백해졌다.

루이즈가 인간의 영혼이 내뿜는 감정에 민감하다면 저 시르하는 대자연의 기운을 느낀다.

단순하게 바람이라 표현하고 있지만 녀석은 자연 본연의 기운이 왜곡되거나 변질된다면 언제나 민감하게 굴었다.

과거에도 군단(軍團)을 감지하는 능력만큼은 오히려 루이즈보다도 녀석이 상위였다.

"르마델의 후방에서도 군단이 등장했다는 뜻이냐?"

"제국의 병사들도 오염됐어. 르마델이라고 다를 건 없겠지."

시르하의 그 말을 부정할 수가 없었다.

놈이 군단을 일으키기로 작정했다면 굳이 알칸 제국에만 제한을 두진 않을 테니까.

과거처럼 또다시 1왕자 아라혼 같은 인물이 군단장이 되어 버린다면 수도 나이트 캐슬(Knight Castle)은 끝장이었다.

그때.

-*끄아아아아! 끄아아아악!*

느닷없는 처절한 비명이 루인의 뇌리를 강타하고 있었다.

벌레왕 아므카토.

녀석이 고통의 정도를 가늠할 수 없을 정도의 비명을 연발하고 있었다.

'뭐……?'

순간 감각이 사라진다.

벌레들에게서 끊임없이 밀려오던 정보의 홍수가 감쪽같이 사멸한 것이다.

아므카토는 곧장 루인의 영혼을 빠져나와 강림체로 나타났다.

209

〈크으으……! 벌레들이 일시에 소멸……!〉

월켄이 엎드린 채 간헐적으로 떨고 있는 아므카토를 황당하게 바라보고 있었다.

"이 끔찍하게 생긴 괴물은 또 뭐냐?"

"대장의 머리에서 흘러나온 거 같은데?"

그러나 루인은 굳이 친구들에게 반응해 주지 않았다.

지금은 그보다 더 중요한 것이 있었다.

"누구지?"

쟈이로벨에게 귀속되어 지속적으로 그의 권능을 공급받아 온 아므카토는 이제 마장이 아니라 마왕급에 근접하고 있었다.

그런 마계의 대존재가 부리는 벌레들을 일시에 소멸시켰다면 상대는 보통의 존재가 아닐 터였다.

〈끄으으…… 모르겠습니다……! 절대적인 존재감을 느꼈지만 그와 동시에 모든 감각이 차단되어 버리는 바람에…….〉

마왕의 벌레들을 동시에 소멸시킬 정도의 강자가 황성 카드리나에 나타났다는 것.

루인은 최소한 군단장이라고 단정했다.

군단의 등장을 눈으로 목격한 마당.

최악의 상황부터 상정하고 보는 것이 차라리 편한 것이다.

아렐네우스 황제의 표정이 석상처럼 굳어진다.

"그 말은…… 짐의 카드리나가 불충한 무리들에게 장악되었단 말인가?"

"높은 확률로."

"이, 이런!"

"두고 온 황자들을 걱정할 때가 아니다 황제."

황성 카드리나마저 장악됐다면 그런 비슷한 일이 다른 모든 곳에서도 일어나고 있을 확률이 높다.

대륙의 다른 왕실들, 고위 귀족가, 특히 각국의 신전(神殿)마저 무너지면 끝장이었다.

인간은 흠모하는 신을 잃었을 때 가장 큰 혼란을 겪기 때문이다.

-안에 계신가?

문득 막사 밖에서 들려온 중후한 목소리는 현자 에기오스의 것이었다.

그는 루인의 허락도 받지 않고 막사에 들어오더니 이내 두 눈을 동그랗게 떴다.

"헙……!"

막사의 중심에서 상상에서나 존재할 법한 끔찍한 마물을 발견한 것이다.

현자답게 에기오스는 그 괴물이 마계에서 온 마족이라는 것을 본능적으로 직감하고 있었다.

루인이 인상을 찡그렸다.

"당분간 모든 접견을 거부한다고 말했을 텐데요?"

"나, 나는 아무것도 보지 못한 것이네! 결코 이 일을 아무에게도……!"

"상관없습니다."

멸망의 제전은 이미 시작됐다.

대공자의 평판 같은 건 이제 아무런 의미도 없었다.

에기오스가 침을 꿀꺽 삼키며 루인을 향해 물었다.

"자네의 마도…… 그 원천은 결국 흑마법이었는가?"

루인은 굳이 부정하지 않았다.

"반쯤은. 하지만 지금은 흑마법사가 아닙니다."

계약의 상징인 오드는 이미 전생에서 식어 버렸다.

오히려 자신은 쟈이로벨의 제물은커녕 동반자에 가까웠다.

"역시…… 흑마법사 따위가 초월 마도를 이룩할 수야 없지. 그렇고말고……."

이내 안도하는 태도의 에기오스를 향해 루인의 날카로운 시선이 날아들었다.

"왜 온 겁니까?"

"아, 내 정신 좀 보게. 정작 가장 중요한 말을 하지 않았군. 놀라지 말게. 마도의 위인들께서 살아나셨네!"

"마도의 위인들?"

"아알킨 님을 아는가?"

엘고라 학파의 창시자.

하지만 그 이름은 마법사들이 평생을 두고 경계해야 할 이름이었다.

누구보다 위대한 위업을 달성한 마법사였으나 결국은 흑마법에 빠져 동료를 살해하고 잠적한 불명예의 상징.

"모든 건 오해였네! 그분은 흑마법사가 아니었어!"

이어 에기오스는 엘고라 학파로 돌아온 아알킨의 위대한 행적을 빠짐없이 나열했다.

모든 오해를 불식시키고 다시 존경받는 대현자로 거듭난 그를 에기오스는 입이 마르도록 칭송하고 있었다.

"그뿐만이 아니네! 무려 그 옛날의 악스타온 님 또한 살아서 돌아오셨네! 게다가 데뮬란 님과 기네릭 님까지! 나는 지금도 도저히 믿기지 않는다네!"

유겔라의 서를 남긴 전설적인 마도학자 악스타온은 가변 세계에서의 다섯 초월 마법사 중 한 명이다.

엘고라 학파의 창시자 아알킨과 위대한 선구자 데뮬란 또한 마찬가지.

당연히 루인의 미간은 잔뜩 찌푸려질 수밖에 없었다.

'굳이?'

그들은 하나같이 초월자의 권능을 잃은 상태.

스스로를 지킬 힘이 없는 상황에서 함부로 신분을 노출하는 건 위험한 선택이었다.

그들 중 몇몇은 월켄도 익히 알고 있는 이름이라 그는 금방 의아한 표정이 되었다.

"최소 수백 년, 많게는 수천 년 전의 마법사들이지 않습니까? 어떻게 그런 일이 일어날 수 있습니까?"

"마도에 불가능이란 없네! 인간의 한정된 수명을 지연시키고 극복한 예란 고대의 마학(魔學)에 수도 없는 사료로 남아 있네!"

"그건 그냥 전설에 불과합니다. 실제로는—"

"그럼 뭐 한 나라의 현자께서 지금 거짓말을 하고 있다는 거야?"

시르하의 핀잔.

루인은 질문을 삼키고 있는 월켄을 한 차례 응시하더니 이내 에기오스를 향해 다시 물었다.

"그랬군요. 한데 겨우 그 말씀을 전하시려고 이런 무례를 범하신 겁니까?"

"……자네는 그런 일이 놀랍지도 않은 건가?"

루인은 웃고 있었다.

다른 마법사에겐 경악할 일이겠지만 그들의 실체를 직접 목격하고 가변세계에서 탈출시켜 준 존재가 바로 루인, 그 자신이었다.

"이만 나가 주십시오."

"아니, 잠깐! 내 말을 끝까지 듣게!"

침을 꿀꺽 삼키는 에기오스.

이내 그가 로브의 품을 뒤져 마법 스크롤 하나를 꺼냈다.

그는 마치 신성한 의식을 행하는 사람처럼 손을 벌벌 떨며 극도로 조심하고 있었다.

"이건 오올로드 님께서 자네에게 보낸 서신일세."

그 이름은 루인에게도 의외의 인물.

현 세계의 마도를 주름잡는 마법학회의 수장이자 살아 있는 마도의 역사라 불리는 대현자(大賢者) 오올로드가 왜 자신을?

"죽은 것이 아니었습니까?"

과거의 모두가 그렇게 생각했었다.

악제에 의해 인류의 마도 문명이 짓밟히고 멸망에 이르렀던 최후의 순간까지도 그는 나타나지 않았으니까.

적어도 그가 생존해 있었다면 전쟁의 판도가 달랐을 터였다.

"오올로드 님께서 오랜 여행에서 돌아오셨을 때 학회의 마법사들이 꽤 놀랐다더군. 마지막에 다시 오지 않을 사람처럼 떠나셨기 때문이네. 어쨌든 그분은 학회로 복귀하셨고 자네에게 이걸 남기셨네."

무심한 표정으로 스크롤을 받아 드는 루인.

이내 스크롤을 열어 내용을 확인하던 루인이 인상을 찡그렸다.

"왜, 왜 그러는가?"

스크롤엔 아무런 내용이 없었다.

느껴지는 건 오직 강대한 술식의 흔적뿐.

스크롤에서 흘러나온 마력이 여러 개의 위상 좌표를 구성해 갈 때쯤 루인의 얼굴이 더욱 기괴하게 일그러진다.

"이 개 같은 늙은이가!"

이건 일종의 트랩이었다.

스크롤을 확인하는 순간, 마법회로로 맺혀 있던 공간 이동의 탈출 좌표가 강제적으로 발현되도록 만드는.

이를 악다문 루인이 전력으로 디스펠 마법을 일으킨다.

그러나 군단장 라벨랑제와의 전투로 염동력과 마력을 한계까지 소모한 후라 알알이 맺혀 가는 탈출 좌표를 도저히 막을 수가 없었다.

그제야 현자 에기오스도 사태의 심각성을 인지했다.

진지의 한복판에서 공간 이동의 탈출 좌표가 생성되고 있다는 것.

완성된다면 미지의 존재가 마음대로 드나들 수 있게 되는 것이다.

"내, 내가 해 보겠네!"

하지만.

"크으으으윽!"

디스펠을 시도하자마자 엄청난 마력의 폭풍이 몰아치며 파훼되어 버린 것.

에기오스는 망연자실한 얼굴로 굳어 있었다.

그래도 자신은 일국의 현자.

스크롤에 남긴 술식만으로 그런 자신의 디스펠을 막아 낼 정도라면 상대의 경지가 도무지 상상조차 되지 않는다.

우우우웅―

쏴아아아아―

탈출 좌표가 완성되자마자 귀청을 찢는 소음이 밀려온다.

마력에 의해 공간이 왜곡될 때 나타나는 전형적인 전이 고주파 현상이었다.

"오, 오고 있네!"

화아아아아아악!

이내 강렬한 빛살과 함께 나타난 수십여 명의 사람들.

월켄과 시르하가 빛살같이 움직여 루인과 황제를 보호한다.

그러나 들려온 목소리가 너무나도 자애로웠다.

"과연 듣던 대로군. 반갑네 젊은이들이여."

루인은 자신을 향해 인자하게 웃고 있는 마법사가 현시대의 마도 문명을 이끌고 있는 수장, 오올로드라는 것을 한눈에 알아봤다.

"잘 지냈는가?"

"무탈했다니 다행이네."

눈에 익은 다섯 마법사들.

"당신들이 어떻게?"

아알킨, 데뮬란, 악스타온까지…….

마도 문명의 위대한 현자들을 눈앞에서 마주한 에기오스가 경배하듯이 엎드린다.

"위대한 대현자들이시여……!"

그러나 루인의 시선은 어느새 다른 곳을 향해 고정되어 있었다.

익숙한 양식의 로브.

묘하게 브루월을 닮은 청년, 닥소스가의 마법사가 그곳에 서 있었다.

◆ ◈ ◆

일정한 시차를 두고 끊임없이 공간 이동진으로 도착하고 있는 마법사들.

그들은 실로 다양했다.

온몸에 비드리아 양식을 가득 치장하고 있는 머나먼 남부, 리오베옴의 마법사들.

또한 서부를 대표하는 이스할 마탑과 회색의 중간자라 불리는 기르기온 마굴의 마도사들이 루인의 이목을 끌었다.

더욱이 저 뾰족한 비늘은 수인(手印) 대신 자신의 피로 마도 의식을 행하는 고르문트 학파의 마도구.

소문은 접했지만 저들을 실제로 보는 건 루인도 처음이었다.

가히 대륙 곳곳에서 활동하고 있는 쟁쟁한 매지션들이 모두 모이고 있는 것이다.

그리고 그들의 가장 마지막에 도착한 마법사.

파멸학자 아그네스.

테아마라스가 등장하기 전까지만 해도 가변세계에서 가장 강력한 초월 마법사였던 자.

어쩐지 스크롤에 새겨진 술식의 흔적이 눈에 익더라니.

그것은 분명 가변세계에서 몇 번이고 감탄했던 아그네스의 술식이었다.

그렇게 루인은 다섯 초월 마법사의 수장 아그네스를 진득하게 노려보고 있었다.

"당신. 왜 이런 짓을 한 거지?"

빙그레 웃는 아그네스.

"잘못 짚었네."

"뭐?"

"자네의 스크롤에 새겨진 술식은 내가 아니라 이 아이의 것이지."

아그네스가 눈짓으로 가리킨 마법사는 마법학회의 수장 오올로드였다.

그를 '아이'라고 호칭하는 아그네스의 태도에 현자 에기오스가 경악하고 있었다.

그도 그럴 것이 외모만 따진다면 아그네스는 자신보다도 젊게 보였기 때문.

루인이 한껏 차가워진 얼굴로 다시 입을 열었다.

"그럼 이 모든 게 당신들의 대비란 말인가?"

악제의 등장을 대비하기 위해 흩어졌던 가변세계의 초월자들.

그들 중에서도 다섯 초월 마법사들은 분명 좋은 소식을 가지고 되돌아오겠다며 자신에게 약속했었다.

하지만 아그네스가 약속한 것은 안티 매직 와이엄을 파괴할 수 있는 무언가였다.

아그네스는 그런 악제의 벌레가 가변세계에서 완성했던 무한 섭식 이면창조물의 열화판이라는 것을 확신하고 있었다.

자신의 마도(魔道)를 멋대로 도둑질한 테아마라스를 그 또한 용서할 수 없었으리라.

"놈의 사념 침범에 대한 자네의 경고를 믿고 있었네. 놀랍게도 그 일은 현실이 됐지."

"......"

"우린 권능을 잃었네. 놈의 사념 침범으로부터 이들을 지켜 낼 힘이 없었지. 나는 지금의 이 선택이 최선이라는 걸 추호도 의심하지 않고 있네."

대륙의 곳곳에서 모인 수천 명의 고위 마법사 집단.

다양한 이해관계로 얽혀 있는 마법사들, 저들이 인종과 국가의 갈등을 초월하여 한자리에 모일 수 있었던 이유야 간단했다.

엘고라 학파의 창시자 아알킨.

그 유명한 지성론의 데뮬란.

유겔라의 서(書)를 남긴 악스타온.

마력 열성(劣性) 현상을 증명한 기네릭.

그리고 어떤 신분도 추측할 수 없었지만 저 대단한 마도의 위인들을 이끌고 있는 아그네스까지.

마도의 역사, 그 자체라 할 수 있는 마도 문명의 권위자들은 그 존재만으로도 설득인 것이다.

검성 월켄이 웃었다.

"이렇게 인류 연합군이 탄생하는 건가."

하지만 이건 완전히 달랐다.

전생과는 비교조차 할 수 없는 엄청난 마도 집단.

이런 압도적인 마도 전력은 과거의 인류 연합군에겐 존재하지 않던 것이었다.

어느덧 루인의 시선이 닥소스가의 어린 혈족을 향한다.

"넌 누구지?"

"마르딘."

깜짝 놀라는 에기오스.

"그럼 그대가 닥소스가의 대공자인가?"

마르딘 대공자는 알칸 제국뿐만 아니라 주변 왕국 사이에서도 유명한 인물이었다.

일개 수련 마법사가 마법학회의 관심을 받기란 쉽지 않은 법.

그는 마탑이 아니라 학회 차원에서 주목하고 있는 세기의 마도 천재였다.

그러나 그는 루인의 기억 속에 없는 인물이었다.

분명 혼란스러운 전쟁의 소용돌이에서 허무한 죽음을 맞이했을 것이었다.

'……'

역시 닮았다고 생각했건만.

대공자라면 브루월의 아들이었다.

루인의 차가운 시선이 다시 마르딘을 향했다.

"복수를 완성하고 싶다면 언제든지 내게 찾아와도 좋다. 네겐 그럴 자격이 있으니까. 단 그 일을 결심했을 땐 목숨을 걸어야 할 것이다."

"난 그렇게 어리석지 않아."

루인이 말없이 침묵하자 마르딘의 작고 귀여운 입술이 다시 달싹거렸다.

"당신의 모든 열상 기록을 조사했어. 단독으로 본 가의 마도 병단을 무너뜨리고 디스트럭션 캐논을 파괴한 그 모든 과정을."

순간 루인은 깜짝 놀라고 말았다.

어린 마르딘의 두 눈에서 번뜩이고 있는 광채가 그린 혼의 진녹빛 젠(Zen)이 아니라 차가운 샤오르(Chaor)였기 때문.

새파란 불꽃, 광기로 일렁이고 있는 녀석의 눈빛에 루인은 진한 의문을 드러낼 수밖에 없었다.

닥소스가의 가주 브루윌은 그린 혼의 수장.

물론 닥소스가의 혈족이라면 누구나 젠과 샤오르라는 선택지가 주어지지만, 그린 혼의 수장을 아버지로 두고 있는 대공자가 샤오르를 익히고 있는 건 쉽게 할 수 없는 선택이었다.

그렇게 루인은 녀석에게 뭔가 알 수 없는 사정이 있다는 걸 눈치채고 있었지만 굳이 겉으로 내색하진 않았다.

"무모한 행동을 하진 않겠다는 건가."

"적어도 '초월 마도'를 완성한 대마도사가 되기 전까진 당신은 이 마르딘의 스승이야."

당사자가 허락하지도 않았는데 제자부터 되겠다는 당찬 외침.

하지만 무슨 생각이라도 떠오른 듯, 루인은 차갑게 웃으며 고개를 끄덕이고 있었다.

"좋을 대로. 하지만 내 마도는 녹록지 않을 것이다."

"초월 마도가 평범할 리는 없겠지. 이미 각오는 되어 있어."

아버지를 죽인 원수를 스스럼없이 스승으로 모시겠다는 닥소스가의 대공자.

뻔히 불순한 의도를 가지고 접근하는 그를 아무렇지도 않게 받아들이는 루인.

그 광경을 바라보고 있는 주변 사람들은 마치 기괴한 희극을 보고 있는 것만 같았다.

루인의 시선이 다시 아그네스를 향한다.

"하지만 이렇게 모이는 것만으로 뭘 할 수 있다는 거지?"

달라질 건 없었다.

자신의 초월 마도로도 막지 못하는 악제의 청염.

분명 단순히 머릿수가 많아졌다고 해서 막아 낼 수 있는 건 아니었다.

그때, 마법학회의 수장 오올로드가 다가와 허공에 술식을 그리기 시작했다.

수많은 도형과 선, 점의 향연이 허공에 수놓아진다.

오올로드의 독특한 수인은 대마도사만큼이나 고아(高雅)
했다.

그 과정을 모두가 지켜보고 있었지만 그 누구도 술식의 정
체를 파악하지 못하고 있었다.

그것은 루인도 마찬가지였다.

그렇게 장장 한 시간 동안이나 치열하게 술식을 완성하던
오올로드.

곧 그가 탈진한 사람처럼 가쁜 호흡을 쏟아 내고 있을 때
다시 아그네스의 목소리가 이어졌다.

"살펴보시게."

루인은 즉각적으로 깊은 심상에 빠져들었다.

차분히 회로를 역순으로 분해하여 세세한 기전을 빠짐없
이 살피는 그 과정은 결코 쉬운 과정이 아니었다.

그만큼 술식의 난이도는 대마도사에게도 상상 이상이었고
그것은 지켜보고 있던 쟈이로벨에게도 마찬가지였다.

*-가히 새로운 차원의 마도(魔道)다! 대체 저 인간은 누구
냐?*

초급의 정신 마법조차도 고위계의 마법으로 취급을 받아
온 건 그만큼 영혼을 다루는 술식의 난이도가 극악하기 때문
이다.

한데, 지금 오올로드가 보여 준 술식은 그런 영혼에 대한 깊은 사유(思惟)와 통찰 없이는 결코 완성될 수 없는 마법이었다.

"……실로 경이롭도다."

멀리서 술식을 살피고 있던 헤데이안 학부장, 아니 카알라고스조차도 눈을 떼지 못하고 있었다.

수만 년 동안 정신계 마법에 집착해 온 드래곤 일족의 최고 수장에게도 경이로울 정도라면 그 치열한 완성도를 굳이 따로 설명할 필요는 없으리라.

"이거…… 정말 실현이 가능한 마법인 건가?"

이 술식은 한낱 정신 방벽 수준이 아니었다.

대상자의 자아를 강력하게 탈바꿈시켜 영혼 자체를 진화시키는 마법.

쟈이로벨이 충격을 받고 있는 것도 바로 그런 이유였다.

영혼의 격(格), 즉 영격은 살아온 세월과 정확하게 비례하는 법.

오랜 세월을 통해 영혼이 사고한 사유(思惟), 그 경험만큼 진화하는 것. 그것이 고대로부터 불변해 온 진리였다.

"가능하지."

하지만 오올로드는 아니었다.

그저 술식의 회로, 그 기전을 펼쳐 보이는 것만으로도 정신력의 한계를 드러낼 정도라면 마법의 발현이란 아예 불가능할 테니까.

헤데이안이 입을 열었다.

"이 카알라고스조차도 버겁도다. 대체 이 술식을 창안한 마법사는 누구인가?"

아그네스가 정중한 마도 의식으로 화답한다.

"우리 인간의 마도…… 이 술식은 여기 모인 모든 마법사들의 것입니다."

"……인간의 마도?"

숨을 헐떡이며 견디던 오울로드가 힘겹게 일어났다.

"최근 몇 년 동안 우리 인간의 마도 문명은 비약적으로 발전하였습니다."

냉철한 인간 마법사들, 아니 마법사라 불리는 모든 존재들은 함부로 비약적이니 향상이니 떠들지 않는다.

그것이 오직 진실과 현상을 탐구하는, 실체에 접근해 가는 마법이라는 학문의 특성이기 때문이다.

더구나 그런 언급을 한 당사자가 마법학회의 수장 오울로드.

당연히 카알라고스의 호기심은 더욱 진해진다.

"당대의 마도 문명에 그럴 만한 계기가 있었던가?"

분명 마도 문명에 커다란 충격을 준, 특이점이라 부를 만한 사건은 몇 번 있어 왔다.

대규모 마도 유적의 발견이나 새로운 이론의 출현 따위의.

하지만 그런 일이란 기나긴 마도 문명에 고작 몇 번이었다.

최근에는 그런 충격적인 사건이 발생한 적이 없는 것이다.

"있지요. 어떤 미친 마법사가 더없이 진귀한 마정석(魔精石)을 무한으로 물질계에 풀어 버리지 않았습니까."

"……마정석?"

아그네스의 대답에 카알라고스는 마치 망치로 머리를 한 대 두들겨 맞은 느낌이 들었다.

"그 덕분에 마탑들의 연구 성과는 비약적으로 향상되었습니다. 마탑뿐만 아니라 소규모로 연구하고 있던 마도학자 집단에서도 엄청난 발견이 이어졌지요. 그 모든 혁명적 발견들이 지금도 학회로 물밀듯이 밀려들고 있습니다."

범세계적으로 일어난 지성의 혁명.

"이 아이의 술식은 그 모든 지성이 합치된 결과물입니다. 물론 저희들의 도움도 있었겠지만 이 술식은 현 마도 문명을 완벽하게 대변합니다."

"아닙니다. 위대한 선각자님들의 지혜가 더욱 결정적이었습니다."

주거니 받거니 예를 차리고 있는 아그네스와 오올로드를 카알라고스는 허탈하게 바라보고 있었다.

스스로의 경지를 완성하기 위해 독창적인 세계를 구축하는 드래곤과는 달리, 저 인간들은 언제나 합치된 이성, 집단 지성을 증명해 왔다.

그리고 오늘.

마침내 저들은 마도의 조종(祖宗)이라는 드래곤 일족마저 뛰어넘었다.

"우리가 완성한 술식을 친히 받들어 주시게. 그것이 가변 세계의 구원자이자 현 마도 문명의 대표자인 그대, 대마도사(大魔道士)의 정해진 굴레일지니."

대마도사의 운명.

그러나 루인은 대답 없이 서 있었다.

웬일로 묵묵히 상황을 지켜보던 시르하가 끝내는 참을 수 없는 궁금증을 드러냈다.

"대체 저 마법이 뭐야? 루인?"

"……인간의 영혼을 강화시킨다."

"강화? 어느 정도나?"

루인은 말없이 끝없이 펼쳐진 군영을 바라보고 있었다.

이 거대한 군대의 병사들 모두가 자신만큼이나 강대한 영격을 지닌다면…….

악제의 사념, 청염(靑炎)은 종말을 맞이할 것이었다.

Chapter, 97

청염의 마수가 마법사들에게만 찾아오는 것은 아니었다.

이에 다섯 초월 마법사들과 그들을 따르는 주요 매지션들은 다시 대륙의 각지로 흩어졌다.

물론 그들을 선별하는 과정에서 루이즈의 철저한 검증이 이어졌다.

아직 루인은 가칭 '오올로드의 술식'을 완성하지 못한 상태.

때문에 욕망이 옅고 정신력과 신념이 확고한 자들만을 선출한 것이다.

동이 틀 무렵, 다시 불새의 눈시울에 도착한 루인.

역시 그곳엔 카젠이 몇 명의 파수꾼들과 함께 전황을 살피고 있었다.

"왔느냐."

"주무시지 않은 겁니까?"

드디어 렌즈에서 눈을 떼는 카젠.

그는 성내를 향해 시선을 옮기더니 이내 자조 섞인 미소를 지어 보였다.

"참으로 우습구나."

스스럼없이 찾아와 르마델군에 합류한 마법사 무리들.

그들 중에는 오랜 적국이었던 알칸 제국의 테오나츠 마탑, 심지어 닥소스가의 마법사들도 있었다.

눈으로 보고 있으면서도 실로 믿을 수 없는 광경이었다.

"한편으로는 인간이 대단하다는 생각이 드는구나. 국가관이나 혈족애와 같은 옹골찬 신념을 하루아침에 내려놓을 수 있는 건 아마도 인간이 유일할 것이다."

"이미 저들은 제자가, 스승이 새파란 청염의 귀기(鬼氣)에 휩싸여 전혀 다른 악마로 변하는 걸 경험했습니다. 마주한 적이 그만큼 강대하다는 걸 깨달았으니 선택의 여지가 없었겠지요."

여전히 카젠은 은은하게 웃고 있었다.

"한데, 저들이 비를 피하기 위해 선택한 나무가 어째서 너란 말이냐? 혹 저들이 너를 찾아온 것도 네 계획의 일부더냐?"

"그건 아닙니다."

마법사들의 갑작스러운 합류는 루인조차 예상하지 못한 일이었다.

그러나 성녀라는 방패를 잃어버리자마자 오올로드와 마법사들이 찾아왔다.

그들이 성녀의 권능에 못지않은 정신 마법의 술식을 완성하여 자신을 찾아온 것은 마치 짜 맞춘 일처럼 신비한 일이었다.

이 일에 루인은 뭔가 정체를 알 수 없는 기묘한 기시감을 느끼고 있었다.

예측할 수 없는 세상의 일.

운(運)이란 것이 이처럼 절묘하게 맞아떨어지는 경험이란 루인에게는 생소한 것이었다.

"내게 모두 말해 보려무나."

아버지에게만큼은 숨길 것이 없었던 루인.

이어 그는 성녀의 존재와 그런 그녀를 납치한 악제, 그리고 시의적절하게 위기가 해결되어 버린 지금의 기이한 상황에 대해 빠짐없이 설명했다.

한데 그때, 데인이 새하얀 빛살과 함께 망루에 도착했다.

놀랍게도 데인을 데려온 마도 지원의 당사자는 닥소스가의 대공자, 마르딘이었다.

"데인?"

카젠은 당황하고 있었다.

거점 요새의 지휘관인 그가 함부로 자리를 비우는 일이란 있을 수 없는 일.

"무슨 짓이냐? 감히 지휘관의 본분을 잊었단—"

"제가 데려오라고 시켰습니다."

"네가?"

싱긋 웃는 루인.

"솜씨 좋은 제자가 생겼으니 써먹어야지요. 어서 인사하거라. 하이베른가의 가주이자 이 나라 르마델의 대공이신 사자왕이시다."

"말씀 많이 들었습니다. 마르딘입니다."

갑주를 정갈히 다듬으며 서 있던 데인이 크게 놀랐다.

"형님? 제가 아는 그 마르딘이 맞습니까?"

형님 대신 대공자로 살아오며 어쩔 수 없이 사교계에 한 발을 걸칠 수밖에 없었던 데인은 분명 그 이름을 들은 적이 있었다.

닥소스가의 대공자.

백 년 내 알칸 제국의 최고 천재.

"……무슨 생각인 것이냐?"

루인을 바라보는 카젠의 두 눈엔 당혹한 감정이 가득했다.

카젠 역시 닥소스가의 가주를 처단했던 루인의 행위를 잘 알고 있었다.

지금 루인은 그런 닥소스가의 대공자를 굳이 제자로 키우겠다고 선언하고 있는 것이다.

하나 자신이 알고 있는 큰아들은 가문의 미래를 위협할 적을 손수 키우는 멍청한 인물이 아니었다.

"눈빛이 마음에 들었습니다."

카젠이 황당한 표정으로 굳어 있을 때 루인이 문득 데인을 바라봤다.

"데인의 무사한 모습을 보고 싶었습니다. 이렇게 우리 삼부자가 모인 것이 대체 얼마 만입니까."

그렇게 루인은 서서히 떠오르는 해를 바라보며 치열하게 달려온 세월을 상기하고 있었다.

그 모진 인고의 세월을 견뎌 내며 마침내 맞닥뜨린 악제와의 전장.

어쩌면 지금이 자신의 최후가 될지도 모르는 하루, 이렇게 아버지와 데인을 마주할 수 있는 유일한 순간일지도 몰랐다.

"……이만 내려가 보겠습니다."

마르딘이 허리를 숙이며 되돌아서자 루인이 그를 제지했다.

"아니. 우리의 곁에 있거라."

"그건 싫습니다."

"스승의 명령이다."

"……."

틀림없이 가족 간의 내밀한 이야기가 이어질 텐데 굳이 자신에게 남아 있으라 명령하는 이유를 알 수 없었다.

마르딘이 입술을 깨물고 서 있을 때 루인이 다시 데인을 향해 싱긋 웃었다.

"정말 훌륭하구나."

아버지께 예를 다하며 고아하게 눈을 내리깔고 있는 데인.

더 이상 그 어린 날의 독기도, 편협함도 느껴지지 않았다.

마치 검성을, 아니 그보다 더 굳건한 기사도를 지닌 대(大)기사를 바라보고 있는 것만 같았다.

"요새로 되돌아가게 해 주십시오. 형님."

오랜만의 재회에 들뜰 만도 할 텐데 데인의 눈빛은 흔들리지 않았다.

매처럼 전장을 살피는 지휘관 본연의 눈빛이었다.

더없이 흡족한 눈빛으로 데인의 어깨를 쓰다듬는 루인.

역시 자신의 눈은 틀리지 않았다.

이 데인이야말로 사자의 가문, 하이베른가의 미래였다.

"마치 그 옛날의 자신을 보는 것 같지 않습니까?"

그제야 카젠의 입가에도 미소가 피어났다.

그는 큰아들의 말을 굳이 반박하지 않았다.

"데인이야말로 이 카젠을 쏙 빼닮은 아들이지."

"저보다도요?"

"이제야 말하지만 너는 네 엄마를 닮았다."

"섭섭하군요."

비로소 루인은 깨달았다.

아버지는 어머니 레체아의 죽음을 오래전에 극복해 내셨다는 것을.

"형님. 전장입니다. 회포는 승리하고 푸시지요. 지금의 우리에겐 이런 여유가 어울리지 않습니다."

"이제는 네가 아버지 같구나. 하하!"

루인은 동생을 훈계했던 그 옛날의 추억이 민망할 지경이었다.

"루인……."

카젠은 치열한 전장의 중심에서 갑자기 어린아이처럼 굴어 대는 루인을 더없이 측은하게 바라보고 있었다.

냉철한 마법사의 표본처럼 굴었던 큰아들이 이렇게 황량한 감정으로 서 있을 때는 반드시 그럴 만한 이유가 있을 터.

"말해 보려무나. 무엇이 너를 이토록 힘들게 하는 것이냐."

루인은 대답 없이 오래도록 서 있었다.

어느새 광휘로 변한 태양이 게슴츠레 눈을 뜨며 세상을 비추고 있었다.

"제게 시간이 많이 필요합니다."

"시간……?"

오올로드의 술식.

그것은 대마도사의 정신 체계와 염동력, 무한에 가까운 융합 마력, 초월자의 잿빛 권능 등 자신의 모든 합치된 역량으로도 쉽게 완성할 수 없는 초월적인 술식이었다.

"전 저들에게 술식을 받자마자 가장 먼저 황제에게 질문했습니다. 당신이 본 미래시가 바뀐 적이 있냐고."

"……그가 본 미래는 결코 바뀌지 않는 게로구나."

"그렇습니다."

두 눈을 질끈 감는 카젠.

그는 비로소 루인의 혼란스러운 감정을 이해하기 시작했다.

황제의 꿈이 불변(不變)하는 미래라면, 그의 꿈을 빠짐없이 살핀 루인은 배신자가 누군지를 이미 알고 있는 것.

"이 카젠이 대비해야 할 배신자가 누구더냐."

이제 루인은 인류의 합치된 지성, 오올로드의 술식에 매진해야 한다.

시간이 얼마나 걸릴지, 아니 완성을 담보할 수 있을지도 미지수였다.

그런 아들이 없는 시간 동안 카젠은 홀로 이 전쟁을 감당해 내야만 했다.

"……과연 그게 맞는 일입니까?"

이 지점이 바로 지금 루인이 겪고 있는 지옥이었다.

청염(靑炎)에 의해 인류의 배신자가 될 이들.

그들 중에서는 하급 군단병도 있을 테지만 인류에 엄청난 해악을 끼칠 군단장도 등장할 것이었다.

　한데 현시점에서는 아무런 죄도 없는 그들을 미리 처단하는 것이 과연 옳은 일일까?

　더욱이 그 근거라는 것도 오직 황제 아렐네우스의 꿈뿐이었다.

　"지금 무슨 말씀들을 하고 계신 겁니까? 아버지?"

　카젠이 상황을 잘 모르는 데인을 위해 짤막하게 설명해 줬다.

　잠시 후 데인이 경악하며 소리쳤다.

　"어찌 확실하지도 않은 초능력으로 사람들의 죄를 밝힌단 말입니까! 그것도 저지르지 않은 죄입니다! 군사들을 처단하는 수단은 오직 왕법과 군율! 형님! 이건 미친 짓입니다! 저는 목숨을 걸고 반대할 것입니다!"

　"데인."

　루인이 무서운 눈빛으로 동생을 바라본다.

　"악제의 청염에 오염된 인간은 증오와 공포에 사로잡혀 본연의 인성(人性)이 완벽하게 말살된다. 또한 대부분의 경우 본래 경지의 몇 배에 달하는 힘을 얻게 되지. 이제 막 스피릿 오러를 익힌 중급 기사들이 한순간에 초인이 되는 것이다."

　"하지만 형님……!"

　"그들에 의해 희생될 병사들 앞에서도 넌 그런 소리를 늘어놓을 수 있겠느냐."

"아, 아직 그들이 하지 않은 일이지 않습니까……."

"하면 르마델의 군대가 절멸(絕滅)한 후에야 군율을 세워야겠구나."

카젠은 저렇게 확고한 신념을 지닌 루인이 왜 이토록 고민을 하고 있는 건지를 쉽게 이해하지 못하고 있었다.

독심(毒心)을 품은 이상, 루인은 결코 망설이지 않는 사람이었다.

"대체 누구냐? 누굴 처단해야만 하기에 그토록 고통을 느끼고 있단 말이냐?"

이윽고 일출을 바라보고 있는 루인에게서 놀라운 이름들이 흘러나오기 시작했다.

"일단 우리 가문은 소에느 고모와 니젠 삼촌, 친위 기사 유카인, 그리고 오대봉신가의 가주들 전원입니다. 그리고 제 가까운 동료들 중에서 시론과 리리아 역시 포함되지요."

"뭐……?"

"왕궁 쪽은 더 심각합니다. 수호자 드베이안, 마도학자 네레스, 현자 에기오스를 포함한 마탑의 매지션 전원입니다. 이것이 그 세세한 명부입니다."

루인이 건넨 서찰을 살피던 카젠은 그대로 몸이 굳을 수밖에 없었다.

대표적인 인물들의 면면도 충격적이었지만 적당히 이름이 알려진 자들도 셀 수 없이 많았다.

카젠이 상상하던 이상이었다.

"······이 많은 사람을 대체 어찌해야 한단 말이냐?"

"악제의 개가 되어 아군을 해칠 군단병들입니다. 죽이는 것이 가장 확실한 방법일 테지요."

"죽인다고······?"

소에느와 니젠을?

더욱이 시론과 리리아라면 루인에게도 각별한 친구들이지 않은가?

"정상적인 저라면······ 그것이 제 결론입니다. 이제 제가 어떻게 하면 좋겠습니까, 아버지······."

붉어져 가는 루인의 눈시울.

"술식의 완성을 앞당길 수는 없습니까? 형님?"

이어진 데인의 질문에 루인은 허탈하게 웃고 있었다.

황제의 미래시가 확실하다면 악제의 청염은 사흘 안에 닥칠 것이다.

그 비참한 사건은 첫 전투가 벌어지기 전에 일어날 테니까.

한데 그때.

"헤볼 찬 황제의 미래시(未來施)가 틀렸던 적이 있습니다."

부서지듯이 꺾이는 루인의 고개.

마르딘의 무뚝뚝한 음성이 다시 들려온다.

"그분의 꿈대로라면 우리 닥소스가는 이십 년 전에 멸망했을 테니까요."

닥소스가가 멸망하기는커녕 지금까지도 건재했다.

루인의 이글거리는 두 눈이 마르딘을 치열하게 바라보고 있었다.

"그 말이 정말 사실이더냐?"

다시 냉랭하게 대답하는 마르딘.

"네. 오래전 황제 폐하께서는 우리 가문의 멸망을 예언한 적이 있습니다."

◆ ◆ ◆

콰아아아아앙!

와르르르르르……

영원히 무너지지 않을 것만 같았던 성벽이 드디어 허물어져 내렸다.

공성 병력의 선두.

호면갑(虎面鉀)의 기사가 기다란 창을 내지르며 청색 귀기를 발산한다.

"전군 정지."

닥소스가의 원로, 아니 이제는 인류 파멸군의 제16군단장이 된 비르제노 현인이 의문을 드러냈다.

"성은 뚫렸소. 어째서 공세를 멈추는 것이오?"

호면갑의 기사, 제4군단장으로 군림하는 하이렌시아가의

레페이온.

그가 투구를 벗으며 광기로 가득한 새파란 눈빛으로 비르
제노를 노려봤다.

"여기서 기다린다."

"무얼 말이오?"

"그분의 명을."

그 단 한마디에 비르제노는 입을 굳게 다물 수밖에 없었
다.

이 거대한 군단(軍團)에서 '그분'에게 직접 명령을 하달받
고 이행하는 자는 레페이온이 유일하다.

지금 그가 내린 결정이란 곧 그분의 명령이라는 뜻.

"전군, 지금 즉시 진지를 구성한다. 모든 무장을 해제하여
도 좋다."

"바, 바로 이곳에서 말이오?"

비르제노 현인은 당황스러웠다.

성벽과의 거리란 불과 수백 미터 남짓.

마장기의 포격은 물론 석궁조차 닿는 거리였다.

게다가 그 무시무시한 하늘의 괴물들, 시커먼 용기사들
이 다시 나타나기라도 하는 날엔 전멸을 피하기 힘들 것이
었다.

"너, 너무 지근거리지 않소? 이곳은 저들이 지닌 모든 공격
수단의 살상 반경에 포함되는 곳이오!"

르마델의 방어군, 그들의 역량은 상상 이상이었다.

엄청난 마장기의 마력 포격이 사흘 내내 이어질 때가 부지기수였고, 생각지도 못한 전설의 용기사들이 나타나 철저한 유격 전술로 군단의 하늘을 괴롭혔다.

그런 용기사들이 물러갈 때쯤 드래곤들이 들이닥쳐 파괴적인 브레스를 마구 뿜어 댔으며, 엄청난 수의 마법사들이 전장의 곳곳에 나타나 광역 마법을 난사하고 사라지길 반복했다.

만약 군단병들이 아칸베릴 아머로 무장하고 있지 않았더라면 이미 두 달 전 첫 공세 때 전멸했을 것이었다.

"르마델은 기사들의 나라요! 아직 우린 저들의 제대로 된 기사 전력을 보지도 못했소! 이런 개활지에서 함부로 군영을 꾸렸다간 한순간에 끝장날 수 있소이다!"

"시끄러운 노인네야."

"헙……!"

비르제노 현인이 경악하며 몸을 숙인다.

군단에서 가장 드높은 위계를 지닌 군단장이 모습을 드러냈기 때문.

"어, 어서 오십시오. 라벨랑제 공."

마치 알 수 없는 단면이 일그러진 듯한 독특한 그의 표정은 볼 때마다 소름이 돋을 지경이었다.

지독한 진녹빛 영기로 대지를 물들이며 천천히 걸어오고 있는 자.

제2군단장 라벨랑제가 곧장 레페이온을 응시했다.

"왜 진군을 멈춘 거지?"

"성이 함락될 동안 '놈'이 나타나지 않는다면 그 즉시 진군을 멈추라는 그분의 전언이 있었소."

레페이온의 대답에 흐음 하며 고개를 끄덕이는 라벨랑제.

"나도 이상하다고 생각은 했어. 방어 전선이 무너질 때까지 놈이 나타나지 않는 건 말이 안 되거든. 뭔가 꿍꿍이가 있는 건 확실해."

라벨랑제가 성벽 위의 군사들을 흘깃거렸다.

"역시 눈에 익은 놈들도 대부분 보이지 않아. 그런데 왜 무장 해제까지 하는 거지? 그것도 그분의 명령이야?"

"그것은 내 판단이오. 군단병들은 두 달째 갑주를 벗지 못하고 있소. 살아 있는 놈들임에도 살 썩는 냄새가 진동하고 있지 않소."

군단은 통상적인 군대처럼 작동하지 않았다. 부상을 치유해야 할 의무 부대도 심지어 보급 부대조차 없는 것이다.

군단병들이 굶주린 채 죽어 가면 군단장 라벨랑제가 영기를 공급해 자신의 언데드로 삼았다.

살아남은 군단병들도 그런 언데드의 영향으로 인해 흉측한 구울처럼 변하고 있었다.

괴물처럼 살이 흘러내리고 있는 군사들이 사방에 가득했다.

무기를 내려놓자마자 시체들을 마구잡이로 파먹으며 생존을 이어 가고 있는 군단병들.

　마치 지옥의 한 장면을 보는 것만 같았다.

　"특이한 자로군."

　그런 레페이온의 반응은 금방 라벨랑제의 흥미를 끌고 있었다.

　간혹 그분의 청염을 받아들인 인간 중에서도 저 레페이온처럼 인간 시절의 인성이 남아 있는 자들이 존재했다.

　강력한 자아로 인해 그분의 청염에 완벽히 녹아들지 못하고 있는 것이다.

　"이해가 되지 않아."

　아직도 본인이 대귀족인 줄로만 착각하는, 고작 과거의 환영에 사로잡혀 있는 자에게 이 거대한 군단을 맡기다니.

　마음에 들지 않았다.

　라벨랑제가 새하얀 이를 드러내며 두 눈에 진득한 진녹빛 영기를 드러냈다.

　"당신의 욕망이 고작 그 정도 증오와 광기로 그친다면 실망이야. 제발 하루라도 빨리 죽어 줘."

　언데드는 영혼이 없다.

　그를 언데드로 만든다면 인간 시절의 양심 따위는 모조리 사라질 터였다.

　"반드시 살아남아야 할 이유가 하나 더 생겼구려."

"그래. 많이 웃어 둬."

희미하게 웃던 레페이온이 저 멀리 펄럭이고 있는 기수의 깃발을 응시한다.

르마델의 기수.

평생을 떨쳐 내려 했으나 끝끝내 뿌리칠 수 없었던 경쟁자의 흔적.

그의 눈빛은 금방 어두운 광기로 이글거리고 있었다.

◆ ◈ ◆

간헐적으로 떨리는 가녀린 육체.

모든 권능을 봉쇄당한 채 빛을 잃어 가고 있는 한 여인.

그런 그녀를 물끄러미 바라보고 있는 악의(惡意)의 존재가 표정 없이 입을 열었다.

"왜 한 번도 소리치지 않는 거지?"

창조자의 선택을 받은 인간, '존재'들.

오랫동안 이 땅 위의 신으로 군림해 온 그들이라면 반드시 창조자가 내미는 구원의 손길을 바라고 있을 터였다.

그렇게 악제(惡帝), 테아마라스는 기다림에 지쳐 있었다.

주신(主神)으로 추앙받아 온 위대한 대존재 알테이아를 억압한다면 창조자의 이면을 마주할 수 있을 거라 생각했건만.

"그토록 소멸을 바라고 있는 건가?"

창조자를 닮은 광휘(光輝), 주신 알테이아의 초월적인 권능은 이미 빛을 잃은 지 오래.

희미하기만 한 저 빛마저 완전히 꺼져 버린다면 그녀는 소멸을 피할 수가 없을 터였다.

"생존하여 번성하고자 하는 것이 당신이 추구하는 생명의 속성이 아닌가? 왜 살고자 하지 않는 거지?"

알테이아, 아니 성녀 아르디아나가 힘겹게 고개를 들어 악의의 존재를 바라본다.

이내 그녀의 갈라진 입술이 힘겹게 달싹인다.

"당신…… 그에게 쫓기고 있군요……."

무표정하게 서 있던 테아마라스의 얼굴에 처음으로 사이한 미소가 감돌았다.

"내가?"

쫓기다니.

과거와 미래, 그리고 현재.

그 어떤 순간에도 승리를 놓치지 않았던 자신이다.

쫓길 이유 따윈 애초에 없었다.

"너희가 미래에서 온 존재라는 것을 확인한 후 나는 모든 시간선을 확인했다."

감정 없이 늘어져 있는 아르디아나를 향해 테아마라스는 승리의 미소를 머금었다.

"그 어떤 순간에도 너희들은 승리하지 못했다. 내 계획은 언제나 철저하게 완성되었고 너희 인간은 그런 내 발아래에 놓여 있었지. 바로 지금처럼."

"으흑……!"

테아마라스의 권능이 스며들자 아르디아나의 빛이 또다시 꺼질 듯 위태롭게 흔들거렸다.

그 모습은 흡사 관절 인형을 가지고 노는 아이처럼 천진난 만했다.

하지만 아르디아나.

단지 고통에 신음하고 있을 뿐 그녀에게서 느껴지는 감정의 변화는 없었다. 아니 이제는 오히려 그녀 역시 웃고 있었다.

기이한 각도로 비틀리는 테아마라스의 고개.

"왜 웃는 거지?"

"……이미 당신의 사념에 종속당한 자가 수천만 명을 넘어 섰어요. 그런데 뭘 망설이는 거죠? 당신의 대업을 지금 당장 완성해도 충분할 텐데."

시야로 가늠할 수 없을 정도로 펼쳐져 있는 인해(人海)의 물결.

군단은 이미 세계(世界) 그 자체. 시퍼런 청염의 귀기가 대륙 전체를 물들여 가고 있었다.

"그의 행방을 찾지 못한 것. 그의 계획을 읽을 수 없는 것. 세계를 당신의 악의로 물들이고도 단지 그 이유 때문에 망설 여지는 거겠죠."

침묵은 긍정의 또 다른 이름.

이내 테아마라스의 웃음이 칼날처럼 위태롭게 휘날린다.

"계속해 봐."

"당신은 불행한 사람이에요."

불행한 사람이라…….

테아마라스의 얼굴에 묘한 감정이 일렁이고 있을 때 아르디아나의 음울한 목소리가 다시 이어진다.

"모든 시간선을 살펴봤다면 깨달았겠죠. 당신은 진정 원하는 바를 이루었나요? '태초의 어둠'을 불러들여 모든 인간을 죽인 후에 비로소 그토록 원하고 원했던 해답을 얻었나요……?"

테아마라스는 침묵하고 있었다.

그녀가 어떤 해답에 도달했는지는 알 수 없었으나 그녀의 말을 부정할 수는 없었기 때문.

"그래서? 그의 영원한 침묵을 지금 이대로 견뎌 내야 하는가?"

"역시…… 당신은……."

테아마라스의 두 눈은 '태초의 어둠'으로 물들어 있었다.

지긋지긋한 억겁의 권태를 끝내고 싶은 존재.

영혼의 모든 곳에 알알이 박혀 버린 그 치열하고 끈적한 욕망들이 더러운 촉수처럼 꾸물거리고 있었다.

구도자(求道者)의 순수한 의문.

느낄 수 없는 창조주의 의지, 그 영원한 고독에 몸부림쳐 온 것은 마계의 절대자 발카시어리어스뿐만이 아니었다.

대자연의 창조와 인간이라는 종(種)의 출현을 창조주의 화답이라 여겼던 사히바.

하지만 그 모든 것들이 아무런 화답도 아니라는 것을, 어떤 의미도 될 수 없음을 깨달은 그 역시 억겁과도 같은 실의와 외로움 속에 고통받고 있었다.

"나는 이 세계에 존재하는 모든 구전과 신화를 살폈다. 그리고 가변세계를 통해 명확한 창조주의 의지를 읽어 냈지."

"무슨······."

"하늘 광선은 그 어떤 초월자들도 막지 못하는 비현실적인 권능. 그는 비루한 천사들에게까지 그런 자신의 권능을 허락하였다."

한 마법사의 광기, 그 번들거리는 미소가 세계를 비틀고 있었다.

아르디아나는 온 마음으로 그의 악의를 느끼며 전율하고 있었다.

"그는 인간들의 세계, 즉 당신께서 창조하신 섭리와 질서를 유지하려고 한다. 그것이 아니고서야 초월자를 가두려는 의지가 설명되지 않지."

"결국 당신의 결론이란······."

"그래. 당신께서 지켜 내고자 하신 이 세계와 인간을 절멸(絶滅)하고자 한다. 오직 그 일만이 그의 의지를 이 세계에 직접적으로 투영시킬 수 있다. 머나먼 차원 밖에서 인간을 엿보던 창조주가 나와 같은 진창에서 함께 구르는 것이다."

끔찍한 악의, 한 사악한 영혼의 비틀리고 왜곡된 신념에 아르디아나는 몸서리를 치고 말았다.

고작, 그 단순한 이유로 이 거대한 인류 문명을 절멸하려 들다니.

이 테아마라스, 아니 악제(惡帝)란 인간이되 태초의 어둠 발카시어리어스였다.

자신이라는 자아, 그 영혼을 구성하고 있는 존재력의 본질을 거부하는 자.

섭리에 매여 있는 굴레에서 벗어나기 위해 창조주를 파괴하고자 하는 사악한 악(惡)의 결정체.

그런 어리석은 실험을 위해 인류의 절멸이라는 끔찍한 행위를 아무렇게나 실천에 옮길 수 있는 사악한 대마법사.

그러나.

아르디아나는 그 일이 결코 완성될 수 없는 일이라는 걸 알고 있었다.

"그런 끔찍한 일이…… 완성될 리가 없어요. 그가 존재하는 한."

"역시 대신전, 아니 사히바를 믿고 있는 건가?"

사히바.

모든 신들의 아버지.

그분이야말로 인간을 초월자로 이끈 살아 있는 진정한 신격(神格)이었다.

그가 건재한 이상 이 세계는 절대로 멸망할 수 없었다.

"어리석은. 그의 권능은 사라졌다."

"무슨……."

"그는 창조주가 만든 첫 인간이다. 하지만 실패작이지. 지혜롭고 강하며 영원히 살 수 있는 불멸자였으나, 그는 번식할 수 없는, 오직 스스로 존재할 수밖에 없는 자. 창조주의 시선에는 우리 인간보다도 열등하다."

테아마라스가 이죽거린다.

"그는 이미 오래전에 폐기된 인간이다. 알테이아."

빛 한 점 들어오지 않는 지하 세계.

습한 이끼들을 이불 삼아 지낸 지도 벌써 석 달이 흘렀다.

시론이 습관처럼 발광 마법을 일으키자 그의 주변으로 사람들이 몰려들었다.

오늘도 첫마디는 대공자에 관한 것이었다.

"그의 소식은 아직인가?"

무신경하게 들려오는 시론의 목소리.

"전달받은 바 없습니다."

또다시 사람들의 표정이 급격하게 어두워진다.

매일매일 반복되는 탄식과 절망.

"대체 여긴 어디란 말인가!"

"제길!"

석 달 전.

기이한 분위기를 풍기는 마법사들과 함께 찾아온 하이베른가의 대공자는 가타부타 설명도 없이 자신들을 이 지하 세계로 데려왔다.

오십 명, 백 명, 백오십 명…….

수도 없이 반복되는 공간 이동 마법에 의해 이 지하 세계의 사람들은 급격하게 불어 갔다.

도착한 자들의 면면도 심상치 않았다.

수호자 드베이안 공을 포함한 주요 기사단의 단장들.

현자 에기오스와 마탑의 고위 매지션들, 마도학자들.

심지어 하이베른가의 직계 혈족, 그들을 떠받들고 있는 봉신가의 가주들도 속속 도착했다.

이름 모를 외국의 귀족들도 수도 없이 나타났는데, 그중에는 무려 알칸 제국의 황제 아렐네우스까지 있었다.

황제를 끝으로 더 이상 공간 이동진은 발광하지 않았다.

그때 한 중년의 기사가 참을 수 없다는 듯이 벌떡 일어나며 시론의 멱살을 잡았다.

하이베른가의 봉신가, 가스토가를 이끌고 있는 오르테가 공이었다.

"대체 우린 언제 이 빌어먹을 곳을 나갈 수가 있느냐?"

하나같이 대귀족이자 고위 대신들이었다.

석 달 동안 벽을 타고 흘러내리는 소량의 물과 이끼만으로 연명해 온 귀족들의 몰골은 그야말로 처참했다.

그 누구도 경험해 보지 못한 최악의 환경.

그러나 시론의 표정은 일절 변화가 없었다.

"모릅니다."

촤아아악!

바닥에 앉아 끝없는 명상에 빠져 있던 리리아가 문득 수인을 맺는다.

급격하게 불어난 물질 발산 마법에 의해 오르테가가 거칠게 밀려났다.

급기야 그가 검을 뽑았다.

차아앙!

"이 돼먹지 못한 년이!"

천천히 일어나는 리리아.

곧 그녀의 입매가 비틀렸다.

"여기가 어딘지 아직도 모르나 보군. 서광의 심판자라는 이명이 아까울 지경이야."

"뭣이!"

우스웠다.

하이베른가를 떠받들고 있는 봉신가의 가주가 이 지하 미로의 정체를 알아보지 못하고 있다니.

"가스토가 역시 천 년이 넘도록 하이베른가의 봉신(封臣)이 아니었나?"

"뭐……?"

"당신이라면 선조들의 한 맺힌 영혼을 분명 이곳에서 느낄 수 있을 텐데."

그 순간 오르테가는 충격으로 굳어 버렸다.

리리아의 말에 본능적으로 한 장소가 머릿속에서 떠올랐기 때문이었다.

"설마 이곳이…… 사자성의 지하 미로란 말이냐……?"

발광 마법에 의해 반쪽만 드러난 리리아의 얼굴이 소름 돋는 미소를 그려 낸다.

충격을 받은 오르테가가 주춤 뒤로 물러나더니 이내 털썩하고 쓰러졌다.

"대체 내가 여길 왜……."

사자성의 지하 미로.

그 옛날에는 성스러운 장소였으나 현재의 용도는 분명

감옥이었다.

하이베른가의 가율을 위반한 자들을 가두는 곳.

그러나 아무리 생각해도 오르테가는 받아들일 수 없었다. 자신은 결코 가율을 위반한 기억이 없는 것이다.

"멍청한. 죄가 있어 여기에 온 사람은 없다. 앞으로 지을 죄라면 몰라도."

조용히 상황을 지켜보고 있던 현자 에기오스가 힘겹게 두 눈을 떴다.

"우리가 앞으로 지을 죄라니…… 대체 그게 무슨 뜻인 가?"

시론과 리리아는 대공자 루인의 동료로서 이미 유명하다.

어쩌면 이곳에서 루인의 의도를 이해하고 있는 유일한 자들일지도 모른다.

"현자님도 마법사라면 잘 아실 텐데요? 루인은 이 지하 미로를 외부와 완벽하게 분리했다는 걸."

"저 불연속 경계 말인가?"

"역시 알아보셨군요."

루인은 예측 불가능한 복합 역학 마법으로 거대하고도 괴이한 불연속적 경계를 구현해 냈다.

간단하게 표현하자면, 이곳을 어떤 마법적 관측 수단으로도 관찰이 불가능한 공간으로 탈바꿈시켰다는 뜻.

"도대체 왜 그런 마법을……?"

"탑주님께서도 이젠 아실 텐데요. 악제의 청염에 대해서."

"청염(青炎)?"

당연히 이곳의 모두가 알고 있었다.

악제(惡帝)라고 명명된 자가 구사하는 악마적인 권능, 사념 침범을.

정신력이 약하거나 평소에 일그러진 마음을 품고 있던 사람들.

이미 현자는 그런 그들이 시퍼런 귀기에 휩싸인 채로 전혀 다른 존재가 되어 가는 모습을 목격한 적이 있었다.

이내 에기오스는 리리아의 말에 담긴 의미를 깨달았다.

"설마…… 우리가 그 악제란 자의 사념 침범에 당할까 봐……?"

"마, 말도 안 되오!"

"있을 수 없는 일입니다! 현자님 같은 고아한 신념과 인품을 지니신 분이 어떻게 그런!"

어느덧 아렐네우스 황제를 물끄러미 응시하고 있는 리리아.

"저 알칸 제국의 황제는 미래를 예지하는 미래시(未來施)의 능력자. 그런 그가 도착한 후에는 이곳에 더 이상 사람이 불어나지 않고 있죠."

"미, 미래를 본다고?"

"알칸의 황제가 예언자란 말인가?"

웅성웅성.

충격을 받은 듯 사람들이 소란을 떨었지만 수호자 드베이안과 에기오스는 심각하게 표정을 굳히고 있었다.

루인과 함께 막사 회의에 참석했던 그들만큼은 황제의 고유 능력인 미래시에 대해 들은 바가 있었기 때문.

"하면 자네의 그 말은…… 여기 모인 모두가 다가올 미래에 사념 침범을…… 그러니까 그 청염이란 것에 당할 사람들이라는 뜻인가?"

"직접 물어보시죠. 저 역시 궁금해 미치겠으니까."

하지만 아렐네우스 황제.

마치 바위처럼 앉아 있는 그는 어떤 말도 하지 않을 사람처럼 굳게 입을 다물고 있었다.

현자 에기오스가 거칠게 고개를 흔들며 부정했다.

"부, 분명 대공자는 그 사념 침범이라는 것이 욕망에 먹혀버린 자들에게나 깃든다고 말했었네!"

"현자께서는 욕망이 없으십니까?"

"감히 이 에기오스를!"

현자(賢者).

인간의 내면에 대해서만큼은 누구보다 많이 통찰했다고 자부하는 자.

그 마음에 욕망이 들어섰다고 해도 공고한 신념을 통해 어렵지 않게 통제할 수 있는 현인.

그런 냉철한 심상으로 궁극의 마도(魔道)를 지향해 온 한 마법사의 자부심을 완전히 모욕하는 말이었다.

"감히 현자께 욕망이라니! 그 무슨 망발인가! 그 말 철회하게!"

"철회하라!"

마탑의 매지션들이 에기오스를 옹호하고 나섰다.

그 모습들이 리리아는 우스웠다.

인간의 욕망.

정도의 차이만 있을 뿐, 욕망이 없는 인간이란 애초에 존재할 수가 없다.

욕망은 인류의 문명을 탄생시킨 광활한 토양.

"수호자께서는 어떻습니까?"

"⋯⋯."

갑작스런 리리아의 질문.

드베이안 공은 두 눈을 반개한 채로 침묵하고 있었다.

그는 현자만큼이나 고아한 신념과 궁극의 기사도를 지닌 르마델의 수호자.

인격의 수양이라는 측면에서 볼 때 그는 현자 못지않은 수련자였다.

"욕망이 없으십니까?"

"⋯⋯."

드베이안은 끝내 입을 열지 못하고 있었다.

대공자와 유일 기사가 벌였던 전투.

막연히 상상해 온 초월자의 권능은 그야말로 상상 이상.

그 압도적인 광경을 바라보던 자신의 가슴속에서 무한하게 꿈틀거리던 기묘한 열기.

그것은 분명 좋고 좋아 언제고 쟁취하고야 말겠다는 거대한 욕망이었다.

하지만 그것은 검술을 추구하는 기사의 본능과도 같은 것.

"하나 고작 그것이 기준이라면 왜 우리뿐이란 말인가?"

그 작은 욕망도 죄(罪)가 된다면 전 인류가 이곳에 갇혀야 할 것이었다.

그때 저 멀리서 여인의 목소리가 울려 퍼졌다.

"여기 모인 사람들에겐 한 가지 공통점이 있죠."

소에느 프란시아나 베른.

지금까지 한 번도 사람들의 눈에 띄지 않고 조용히 지내고 있던 그녀가 처음으로 입을 연 것이었다.

"내 마음을 지배해 온 잣대, 평생을 추구한 가치가 있어요. 힘. 무력이든 권력이든 상관없었죠. 난 오직 그런 힘을 원했으니까."

소에느가 천천히 일어났다.

그렇게 그녀는 조용히 사람들을 지나치다 에기오스를 고아하게 힐끗거렸다.

"평생토록 궁극의 마도를 추구해 온 당신에겐 정말 그런 갈망이 없었을까요?"

"나, 나는……!"

"오롯한 기사도의 수호자께서도 본질은 검사(劍士)이시죠. 당신은 어때요?"

"……."

침묵하는 드베이안 공을 뒤로하고 어느덧 소에느는 리리아와 시론의 앞에 멈춰 섰다.

"불쌍한……."

여기 모인 사람들의 어떤 상처받은 마음도 이 아이들보다 깊진 않을 것이었다.

오랜 시간 대공자와 함께 시간을 보낸 친구들.

이 아이들은 여기 모인 사람들 중에서 가장 어렸다.

찌든 욕망에 먹혀 버린 어른의 삶을 살기보단 희망과 꿈에 부풀어 갈 시기의 청년들인 것이다.

"무엇을 그리 갈망했니?"

투명한 리리아의 대답.

"힘이요. 언니처럼 무한하게."

"풋."

그 대답보단 언니라는 호칭에 소에느는 웃음이 터져 버렸다.

대공가의 여식으로 살아온 소에느에게 그런 정겨운 호칭은 처음 듣는 것.

"그래. 우리 둘 다. 여기 있는 모두가 그렇게 지독하게 살아왔구나."

사람들은 말없이 고개를 숙였다.

소에느의 음울한 목소리가 또다시 울려 퍼진다.

"하지만 이건 잘못된 방법이야. 청염이 욕망을 먹고 자라난다면 누구도 예외는 될 수 없어. 고작 우릴 가둔다고 해서 인류의 절멸을 막아 낼 수 있는 건 아니라고!"

순수한 사람들도 군단(軍團)에 의해 부모를 잃고 아이를 잃는다면, 결국 끝없는 절망 속에서 힘을 부르짖게 될 터였다.

그렇게 새로운 군단병을 수혈받은 군단은 끝없이 거대해질 것이고, 결국은 이 세상에 남은 순수란 존재하지 않게 될 것이었다.

루인이, 그 냉철한 대공자가 이 사실을 모를 리가 없었다.

소에느가 황제의 어깨를 부여잡더니 이내 거칠게 흔들었다.

"말해 봐 황제! 정말 우린 아무런 의미도 없이 이렇게 죽어 가야만 하는 거야? 고작 이런 게 대공자의 뜻일 리가 없잖아!"

하지만 희미하게 뜬 황제의 눈에는 초점이 없었다.

더 이상 자신이 본 꿈, 미래시를 확신할 수 없었던 그는 짙은 공허 속에서 마음의 중심을 잡지 못하고 있었다.

소에느는 마치 현실과 꿈의 경계에 서 있는 듯한, 초점 없이 몽롱한 그의 두 눈을 우악스럽게 벌렸다.

"눈 떠! 다시 보란 말이야! 그 잘난 미래를 볼 수 있는 황제의 눈으로!"

"아으아……!"

그 순간 황제는 무언가를 홀린 듯이 응시하고 있었다.

무한히 스며드는 어둠의 중심에서.

천천히 걸어 나오고 있는 무언가를.

그것은 완벽한 흑암(黑暗), 태초부터 존재해 온 어둠 그 자체였다.

빛이 존재하기 이전, 전 우주를 지배하고 있던 그 지독한 어둠이 광명(光明)보다 더한 존재감으로 서서히 스스로를 드러내고 있었다.

오래전부터 셀 수 없이 꾸었던 꿈.

비로소 황제는 깨달았다.

도저히 의미를 알 수 없어 해석을 포기했던 그 오랜 꿈이 오늘을 말하고 있었다는 것을.

마치 어둠 속에서 저절로 생겨나듯이 나타난 그가 사람들을 바라보며 무심하게 서 있었다.

리리아는 그의 등장에 숨이 멎을 것만 같은 공포를 느끼고 있었다.

"······루, 루인?"

멍한 얼굴로 일어난 시론.

이내 루인의 차가운 입술이 달싹였다.

"나간다. 모두."

Chapter, 98

이유는 알 수 없지만 악제의 군단은 불사조 성의 코앞에서 진격을 멈추고 진을 쳐 버린 상황이었다.

하지만 카젠은 함부로 성문을 열거나 마력 포격을 일삼지 않았다. 상대의 의도를 알 수 없었기 때문.

그렇게 소규모 검은 비 부대를 운용해 정찰해 오기만을 이 주일여.

불사조 성의 지휘 막사에 또 다른 정찰병이 들이닥쳤다.

"충! 보고드립니다!"

전선의 거의 모든 곳에서 날아들고 있는 보고들.

카젠은 그야말로 정신이 하나도 없을 지경이었다.

"이번에도 새로운 군단의 합류를 발견한 것이냐?"

성벽이 뚫려 버린 절체절명의 상황에서 갑자기 군단이 진격을 멈추고 진영을 꾸리기 시작한 것은 그야말로 다시없을 행운이었다.

하지만 그런 행운도 잠시.

이튿날부터 전선의 모든 곳에서 악제군의 증원 소식이 들려온 것이었다.

지금도 악제군은 르마델군에 비해 세 배에 가까운 병력을 유지하고 있는 상황.

이대로 계속 악제군의 증원이 거듭된다면 그 격차는 파악이 무의미할 정도로 벌어질 터였다.

"아, 아닙니다! 승전 소식입니다!"

"……승전?"

카젠의 고개가 기이한 각도로 꺾인다.

악제군이 대규모 군영을 꾸린 이후로 전투가 일어난 적은 없었다.

더구나 검은 비 부대의 유격전도, 드래곤들도 출정한 적이 없었다.

간혹 정찰 부대 사이의 소규모 교전이 일어나곤 했지만 고작 그 정도로 총사령관의 지휘 막사를 찾는다는 건 말이 안되는 일이었다.

"자세히 보고해 보라."

경계병이 찬찬히 호흡을 가다듬더니 자신이 본 것을 그대로 이야기하기 시작했다.

"벨멤 강 하류 부근에서 웨자일의 대규모 강습 전단이 출현했습니다. 그들은 출현하자마자 마력포를 전개하여 베이넨 다리의 교각을 모두 부숴 버렸습니다."

"베이넨을?"

벨멤 강의 베이넨 다리는 남부와 중부를 잇는 가장 중요한 교통로.

그 거대하고 튼튼한 다리가 끊어졌다면 아무리 악제군이라고 해도 하늘을 날지 않는 이상 진군이 불가능해진다.

한데, 정찰병의 표현이 조금 묘했다.

"마력포? 그건 또 무슨 말인가?"

해상 왕국 웨자일이 운용하는 전투 함대는 전통적인 거함거포를 추구하는 전투 선단이었다.

당연히 그들이 운용하는 포(砲)는 화약의 힘을 기반으로 하는 흑색대포.

그러나 경계병은 마장기를 묘사할 때나 쓰이는 '마력포'라는 표현을 굳이 쓰고 있었다.

"그건 분명 일반 대포가 아니었습니다. 그 파괴력은 틀림없는 마력광선휘광포의 그것이었습니다."

"웨자일이……?"

비록 웨자일이 전통적인 해양 강국이긴 하나 결국 그들은 마장기의 제작 기술을 보유하지 못해 이류 국가로 전락하고 말았다.

그때 마법학회의 수장, 오올로드가 전황 지도를 시선으로 가리켰다.

"우린 지금 이것저것 따질 처지가 아니오. 어쨌든 그들이 마력 포격을 구사할 수 있는 함대를 이끌고 나타났다면 우리에겐 천운이라고 할 수 있소."

"베이넨 다리를 끊었다면 벨라지오 지역을 수복할 수 있는 절호의 기회가 아닐는지?"

한 마법사의 조심스러운 질문에 오올로드가 신중하게 고개를 끄덕였다.

"그들이 굳이 바다가 아닌 벨멤 강의 하류에 선단을 폈다는 것은 강의 지류를 활용하겠다는 의지를 표현한 것이라 할 수 있네."

강폭이 좁아지고 유속이 빨라지는 상류 지역이 아닌 이상, 그들의 강습 선단은 강의 지류 어디든 나타날 수 있었다.

사실상 르마델의 남부, 거의 전 지역이 작전 반경인 것이다.

"무슨 수를 쓰더라도 그 웨자일의 함대와 접촉해야 하오. 그들과 합동 작전을 펼칠 수 있다면 그나마 실낱같은 희망을 품어 볼 수가 있소."

오올로드가 재빠르게 수인을 맺자 전황 지도 곳곳에 마력 광채가 서렸다.

그가 발광 마법으로 표시한 곳은 대륙 곳곳에서 모여들고 있는 군단병의 대규모 합류 지점이었다.

"보시오. 벨멤 강의 지류와 모두 가까운 곳이지 않소. 저 곳들을 치고 빠지는 교란 작전으로 끊임없이 괴롭혀만 준다면…… 그 즉시 놈들의 전선은 수십 개가 되는 것이오."

언제 강습 선단의 포격이 닥칠지 모르는 상황에서 진격은 꿈도 꿀 수 없게 될 터였다.

이글거리는 열기로 가득한 카젠의 무시무시한 눈빛이 다시 경계병을 향했다.

"웨자일의 전함을 이끌고 있는 자와 접촉할 수 있는 방법이 있겠느냐?"

한데 경계병이 곧바로 품에서 뭔가를 꺼내고 있었다.

해천(海天)이라는 글귀가 선명한 푸른색 스크롤이었다.

오올로드의 표정이 금방 희열로 물든다.

"오오! 이미 접촉했었단 말인가?"

서둘러 스크롤을 펼쳐 확인하던 카젠이 이내 황당한 표정으로 굳어 버렸다.

그런 카젠의 반응에 오올로드 역시 고개를 갸우뚱했다.

"무슨 일이오? 나도 확인해 봐도 되겠소?"

"……."

오올로드는 카젠이 말없이 내민 스크롤을 확인하더니 이내 함께 멍해지고 말았다.

〈잘 있었냐 루인? 형 왔다.

　　　-란시스 발러〉

"이게 뭔……."

쓸쓸하게 웃고 있는 카젠.

"내 아들놈이 또 뭔가 일을 저질러 놓은 모양이오. 마법 통신을 할 수 있는 마도학자를 웨자일 쪽에 파견하면 끝날 문제 같소만."

"다, 당장 그리하겠소!"

전황은 지루한 소모전의 양상으로 굳어져 가고 있었다.

르마델군은 새롭게 합류한 웨자일의 강습 선단과 검은 비 부대의 합동 작전으로 많은 전과를 올리고 있었지만 단지 그뿐이었다.

그런 교란 작전으로는 악제군의 합류를 늦추거나 방해만 할 뿐 거대한 흐름, 즉 합류 자체를 근본적으로 막을 수는 없는 것이었다.

어떻게든 악제군은 악착같이 합류하고 있었고 결국 불사조 성의 전면, 드넓은 초원 지대 전체가 모두 악제군의 숙영지가 되어 버리고 말았다.

시야가 닿는 한계, 그야말로 모든 공간이 군단병의 막사로 새까맣게 물들어 버린 것이다.

끝도 없이 펼쳐진 인(人)의 물결, 그 거대한 군단의 압박감은 르마델 병사들의 마음을 극한의 공포로 물들이기에 충분했다.

두려움이 없는 군단병들.

이미 악마에게 그 영혼을 먹혀 버린 군단병들은 베이고 찔려도 맹목적으로 달려드는 흉포한 괴물들 그 자체였다.

또한 르마델의 지휘관들을 더욱 당황스럽게 만드는 것은 악제군이 군량을 소모하지 않는다는 군대라는 점이었다.

굶주려 죽음에 이르게 되면 오히려 저들은 더욱 강력한 병사, 즉 언데드로 거듭난다.

광활한 숙영지 곳곳을 물들이고 있는 진녹빛 귀기가 점차 세를 불려 가고 있는 것이 바로 그 증거.

그렇게 죽지 않는 불사의 몬스터, 언데드가 늘어 갈 때마다 르마델군의 지휘관들은 점점 소극적으로 변해 가고 있었다.

전략적으로 이득이 없는 전투를 반복할 바에야 군량이 소모되더라도 철저하게 진지를 지키는 것이 옳았기 때문.

하지만 그들 모두가 알고 있었다.

그렇게 해서는 결코 이 전쟁을 끝낼 수 없다는 것을.

결국 그런 교착 상태가 계속 지속되자 총력을 다한 단 한 번의 전투, 즉 대회전(大會戰)을 부르짖는 회전파가 득세하기에 이르렀다.

회전파의 지휘관들이 왕국의 기수, 사자왕을 강하게 압박하고 있었으나 카젠은 쉽게 움직일 수가 없었다.

라벨랑제.

지금까지 단 한 번도 제대로 전투에 참여하지 않은 존재.

대마도사와 유일 기사를 호각으로 상대하던 네크로맨서가 다시 전장에 나타난다면 그 즉시 모든 전략 전술이 무의미해질 터였다.

더욱이 저 거대한 군단을 이끌고 있는 악제(惡帝)는 그보다 더욱 강할 것으로 추정되고 있었다.

그와 비슷한 경지의 초월자도 아닌, 그보다 훨씬 강한 존재인 테아마라스가 건재한 이상 함부로 공세적인 전술을 취할 수가 없는 것이었다.

고작 한두 명에 불과한 초월자의 존재 때문에 전군이 이러지도 저러지도 못하는 상황에 빠져 버린 것.

그렇게 카젠이 전황 지도에서 눈을 떼지 못하고 있을 때 성의 사방에서 뿔 나팔 소리가 울려 퍼졌다.

뿌우우우우우우!

지휘 막사를 박차고 나온 카젠이 '불새의 눈시울'을 지키고 있는 초병을 향해 소리쳤다.

"무슨 일이냐!"

"지, 지, 진군입니다! 놈들이 진군하기 시작했습니다!"

서둘러 서쪽 하늘을 바라보는 카젠.

분명 석양이 지고 있었다.

곧 밤이라는 뜻.

카젠이 등줄기에서 피어나는 전율을 떨쳐 내며 악착같이 입술을 깨물었다.

기습도 아닌 전면 대공세를 야간에?

이것은 분명 일반적인 전술이 아니었다.

점멸 마법으로 카젠의 지휘 막사에 도착한 오올로드가 빠르게 손을 건넸다.

팟!

카젠이 오올로드의 마도 지원으로 도착한 곳은 거대한 성벽 위였다.

끝도 보이지 않는 군단(軍團)의 물결.

자신들의 군영을 일제히 부수며 밀려오고 있는 그 광경이란 차라리 터무니없는 자연재해처럼 느껴졌다.

마치 세상을 집어삼킬 것만 같은 시커먼 해일.

"가, 갑자기 이런 대공세라니……!"

현시대의 마도 문명을 이끌고 있는 현자 중의 대현자조차도 정신이 붕괴될 것만 같은 충격을 느끼고 있었다.

어떤 작전도 무의미할 것만 같은 대공세였지만 카젠은 이를 악물고 성벽 위의 병사들을 지휘하고 있었다.

"전군! 총력전을 명한다!"

총력전.

화살, 화약, 기름, 포탄 등 만약을 대비한 여유분까지 모두 동원하는 그야말로 뒤를 돌아보지 않는 전술.

카젠은 수성에 임하고 있는 지휘관으로서 결코 쉽게 결정할 수 없는 명령을 하달한 것이었다.

그러나.

"저, 저건……!"

한 병사가 온몸을 떨며 전율하고 있었다.

머나먼 노을을 비추고 있는 창공.

그 광활한 서쪽 하늘이 서서히 진녹빛으로 물들어 가고 있었다.

네크로맨서, 라벨랑제의 등장이었다.

그 압도적인 존재감에 지팡이를 쥐고 있는 오올로드의 손이 쉴 새 없이 떨리고 있었다.

"저럴 수가……."

네크로맨서의 존재에 대해 귀가 따갑도록 들어 왔지만 내심으로는 조금은 의구심을 가졌던 오올로드였다.

하나 네크로맨서의 진면목을 실제로 보고 있는 지금.

그 모든 생생한 증언들은 오히려 부족한 것이었다.

그렇게 오올로드는 주인의 명령에 의해 끝도 없이 모여들고 있는 유령(幽靈)들을 망연자실하게 바라보고 있었다.

한데, 오히려 카젠의 시선은 다른 방향을 향해 고정되어 있었다.

그의 시선을 살피던 오올로드도 떠억 하니 입을 벌렸다.

"……!"

그것은 칙칙한 붉은빛을 발광하며 날고 있는 '무엇'이었다.

이 먼 거리에서도 기다랗게 꿈틀거리고 있는 동체가 한눈에 보일 정도라면 분명 드래곤처럼 거대할 터였다.

지렁이처럼 꿈틀거리며 하늘을 날고 있는 붉은 괴물을 바라보며 카젠이 망연자실하게 읊조렸다.

"벌레……."

이내 오올로드를 향해 벼락같이 소리치는 카젠.

"마법을! 당장 마력을 모아 술식을 전개해 보시오!"

그 즉시 오올로드가 술식을 일으킨다.

그러나 그는 이내 당황한 얼굴로 카젠을 바라봤다.

"이, 이게 대체 어떻게 된……?"

현 마도 문명의 수장이자 인류의 대현자인 오올로드가 술식을 맺지 못하고 있었다.

카젠이 성벽 위에 배치된 4기의 마장기를 향해 절규하듯 소리친다.

"마력포의 전개를 중지한다! 전개 중지! 전개 중지! 포격을 중지하라!"

하나둘 등장하기 시작한 붉은 벌레 무리들.

그리고 그 벌레들의 중심.

먼 거리임에도 카젠은 분명하게 그의 시선을 느낄 수 있었다.

악제(惡帝)가 사자왕을 바라보고 있었다.

◆ ◈ ◆

군단과 뒤엉킨 전마(戰馬)들.

마장기를 비롯한 마도 전력이 무용지물이 되자 결국 르마델은 기사단 병력을 돌격 부대로 운용하며 개활 방어에 임한 것이다.

용기사와 드래곤들이 그런 기사단을 엄호하기 위해 성 밖으로 날아오를 때쯤 악제군의 강자들이 대거 등장하기에 이르렀다.

제2군단장 라벨랑제.

제4군단장 레페이온.

제7군단장 자메오.

제11군단장 네홈.

제16군단장 비르제노.

지금까지 단 한 번도 전투의 전면에 등장하지 않았던 군단장들이 출현하자 전쟁의 양상이 단 한순간에 바뀌었다.

몇 분 만에 라벨랑제의 유령 군단이 성벽 위를 점령해 버린 것.

셀 수 없는 유령 군단이 모든 지형지물을 무시하며 날아오르더니 성벽 위의 병력을 일거에 쓸어버린 것이었다.

르마델군이 즉시 양 첨탑으로 산개하여 화살 비를 퍼부었지만 유령화된 언데드들에게는 별다른 타격을 주지 못했다.

그때 레페이온이 홀로 성문을 분쇄했다.

콰아아아아아앙!

일검(一劍)이었다.

초월적인 투기가 함축된 단 한 차례의 공격만으로 거대한 성문이 종잇장처럼 찢겨 버린 것.

그 후로 학살이 시작됐다.

단기필마로 르마델의 밀집 대형을 파고든 레페이온.

그는 마치 공성추 같았다.

촤아아아아아!

그의 검이 흐릿해질 때마다 수많은 병사들이 흔적도 없이 분쇄됐다.

옛 환상검제, 증오로 점철된 그의 검은 적아(敵我)와 인마(人馬)를 가리지 않았다.

그가 지나간 자리에는 오로지 자욱한 피보라만이 가득했으며, 르마델이 자랑하는 밀집 대형은 그렇게 수 초 만에 무너지고 말았다.

그 순간 강대한 포효와 함께 사자왕이 등장했다.

오랜 적수가 질릴 듯한 투기와 함께 등장하자 레페이온의 눈빛이 일변했다.

레페이온은 결코 맞상대할 수 없다는 사자왕의 중검(重劒)을 아무렇지도 않게 한 손으로 막고 있었다.

투웅—

성벽이 흔들릴 정도의 충격파가 몰아친다.

그러나 레페이온의 표정에는 변화가 없었다.

평생을 짓이기고자 했던 사자왕의 검이었으나 생각보다 너무 미약했던 것.

악제의 사념을 받아들여 초월자가 된 자신과는 달리, 사자왕은 아직도 한낱 '인간의 검'을 구사하고 있었다.

그러나 허무한 감정은 들지 않는다.

오직 이 순간을 위해 살아온 만큼, 그의 증오와 분노는 더욱 거대해졌다.

초월자의 권능이 미증유의 거력으로 변화하더니 이내 사방을 향해 확장된다.

그 순간 황금빛이 사방으로 분출됐다.

사자왕의 황금 갑주가 산산조각 나며 부서져 버린 것.

투기의 분출만으로 거칠게 사자왕을 튕겨 낸 레페이온이 다시 검세를 이어 나갈 때쯤.

가가가가가각!

세상을 둘로 쪼갤 듯이 짓쳐 오는 날카로운 검공, 캘러미티라인(Calamity Line)이 레페이온을 막아섰다.

검 끝으로 전해 오는 투기의 진멸을 무심하게 관찰하던 레페이온이 투명하게 전방을 바라본다.

한때 하이렌시아가의 기사이자 대전사였던 자가 나타나 자신의 검을 막아선 것.

"월켄."

그뿐만이 아니었다.

시르하와 유카인, 니젠과 오르테가가 그와 함께 나타나 진득하게 투기를 뿌리고 있었다.

그들은 레페이온을 향해 약속이라도 한 듯이 동시에 뛰어들었다.

콰아아아아아앙!

쿠콰콰콰콰콰!

그들의 전력을 다한 합공은 가공 그 자체였다.

초월자의 권능에 근접한 월켄의 혼돈의 검도 위력적이었지만 예측 불가능한 수인의 무류, 시르하의 움직임도 다채로운 변수를 만들어 내고 있었다.

하이베른가 최고의 고위 기사들답게 유카인과 니젠, 오르테가 역시 노련하게 초인들을 보조하며 쉴 틈 없는 공세를 이어 갔다.

하지만 새로운 군단장의 등장으로 그들의 분전은 무색해지고 말았다.

레페이온과는 달리 제7군단장 자메오는 인간 시절의 인간성이 거의 남아 있지 않은 악마.

쏴아아아아아!

끔찍한 감정과 함께 흘러나온 군단장의 권역, 자메오의 감각권이 월켄 일행을 삽시간에 옭아맸다.

투기를 전혀 운용할 수 없게 된 월켄이 사방을 향해 소리쳤다.

루인과 함께 다니며 초월자의 전투 방식에 제법 익숙해진 월켄은 지금이 얼마나 심각한 상황인지를 잘 인식하고 있었다.

"권능 봉쇄다! 다들 투기를 비워!"

물론 큰 의미는 없었다.

제11군단장 네홈은 등장하자마자 상상도 할 수 없는 위력의 권능을 방사형으로 폭사했다.

콰아아아아아아아아앙—

성벽, 망루, 수성 병기들이 흔적도 없이 동시에 터져 나가며 반경 수백 야드가 무(無)로 변했다.

그야말로 주춧돌 하나 남기지 않는 완벽한 파괴의 원(Circle)이 그려진 것이다.

스스스스스—

자욱한 먼지가 걷히고.

"……쿨럭!"

11군단장 네홈은 잔해에 깔려 신음하고 있는 월켄을 향해 감정 없이 웃고 있었다.

"인간치곤 제법이군."

월켄은 정신없이 주위를 두리번거리고 있었다.

시르하는 팔다리가 기형적으로 꺾여진 채로 정신을 잃고 있었고, 유카인과 니젠, 오르테가 쪽은 흔적조차 보이지 않았다.

월켄은 서둘러 투기의 결을 훑으며 잔해 속을 살폈지만 사자왕과 그의 측근들의 투기는 어디에도 느껴지지 않았다.

고작 초월자의 권능 폭풍 한 번에 르마델의 중추라 할 수 있는 기사들이 흔적도 없이 산화되어 버린 것이다.

이내 의미를 알 수 없는 비웃음이 제7군단장 자메오의 잇새를 비집고 흘러나왔다.

"형편없는 수준이군. 왜 시간을 끄셨던 거지?"

단 한 번의 공세도 제대로 버티지 못하고 너무나도 쉽게 성이 함락되고 있었다.

위풍당당했던 르마델의 마장기는 '그분의 종(從)'이 등장하자마자 고철 덩어리로 변해 버렸고.

그 위협적이라던 르마델의 기사단 병력은 제2군단장의 유령 군단을 단 몇 분조차도 막아 내지 못했다.

성문을 보호하고 있던 가장 강력한 방어 전력도 레페이온의 일검에 분쇄되어 버렸으며.

르마델의 핵심 기사들 역시 손을 섞는 것이 수치스러울 만큼 나약하고 무기력했다.

고작 이런 적이 두려워서 한 달 이상을 진격하지 못했다니.

그때.

"괜찮은가!"

수호자 드베이안 공이 왕실 기사단을 이끌고 혼란스러운 전장에 나타났다.

월켄이 피거품을 게워 내며 악착같이 부르짖는다.

"후방으로…… 후방으로 빠지……!"

그러나 그의 목소리는 더 이상 흘러나오지 못했다.

11군단장 네홈이 그의 목을 틀어쥐며 축 늘어져 있던 그를 일으켜 세웠기 때문.

피싯.

"구해 보도록."

그때, 바라보고 있는 주변의 모든 전경이 진녹빛 영기로 물들기 시작했다.

어느새 전장을 깔끔하게 정리한 라벨랑제가 성안에 나타나 버린 것.

수호자 드베이안은 라벨랑제의 뒤편, 피비린내 나는 전장을 바라보다 망연자실한 표정으로 굳어 버렸다.

전멸.

그곳은 더 이상 살아 숨 쉬는 생명이 존재하지 않은 죽음의 대지.

장렬한 최후를 맞이한 수많은 기사들이 끝내는 언데드로 부활하여 라벨랑제의 유령 군단이 되어 있었다.

그 끔찍한 재앙을 분명하게 맞이하고 있음에도 도저히 현실로 믿기지 않을 정도로 충격적이었다.

그때.

"큭! 크크큭!"

갑자기 피거품을 토해 내며 미친 듯이 웃고 있는 월켄.

그를 비스듬하게 바라보고 있던 11군단장 네홈은 이내 쥐고 있던 월켄의 목을 슬며시 풀었다.

그리고는 머나먼 곳, '그분'이 있는 곳을 응시했다.

제정신을 잃고 미쳐 버렸다면 그분께서 취할 훌륭할 재물이었다.

그것이 그의 마지막 상념이었다.

스르르르르르……

워낙에 갑작스럽게 일어난 일이라 군단장들은 상황을 인식하지 못하고 있었다.

"음?"

11군단장 네홈이 시커먼 흑암(黑暗)과 함께, 말 그대로 녹아 흘러내리듯이 '삭제'되어 버린 것.

그의 존재를 증명하던 강렬한 초월자의 권능까지도 사라졌다.

너무나도 갑작스러운 초월자의 소멸.

순간 라벨랑제의 눈빛이 일변했다.

콰아아아아아!

거대한 영기(靈氣)의 파동이 모든 방향으로 퍼져 나간다.

그러나 상대의 존재감이 느껴지지 않는다.

그때, 라벨랑제는 감히 상상도 해 보지 못한 고통을 느끼며 새하얗게 눈을 뒤집었다.

쩌어어어억!

세상의 기저(基底)와 같은 시커먼 공간이, 네크로맨서를 통째로 집어삼키고 있었다.

소스라치게 놀란 라벨랑제는 경악할 고통에 몸서리를 치면서도 네크로맨서의 강렬한 영력, 그 근간이라고 할 수 있는 구유영체(九幽靈體)까지 불태우며 저항하고 있었다.

그러나 애처롭게 떨릴 뿐, 그는 이내 시커먼 흑암의 아가리에 집어삼켜지고 말았다.

당황하며 물러나는 레페이온.

제2군단장 라벨랑제는 나머지 모든 군단장을 합친 것보다도 강한 존재.

감히 대적할 엄두조차 낼 수 없는 초월자였다.

한데, 그런 그가 방금 소멸했다.

너무나도 쉽게.

네크로맨서를 따르고 있던 엄청난 수의 언데드들이 일제히 영기를 잃는다.

사역마 군단이 주인을 잃자 마치 거대한 죽음의 볏단처럼 쓰러지기 시작한다.

쿠쿵!

쿠쿠쿵!

그러나 르마델 진영의 환호성은 들리지 않았다. 그러기엔 죽은 병사가 너무 많았기에.

흑암(黑暗)의 공포는 결국 레페이온에게도 들이닥쳤다.

"아, 안 돼!"

아득한 고통과 함께 레페이온의 마지막 시야를 장식한 것은 끝을 가늠할 수 없는 시커먼 무저갱이었다.

수치화할 수 없는 무량대수(無量大數)의 어둠, 순백보다 더 완전한 그 흑암은 그저 바라보는 것만으로도 숨이 멎을 것만 같은 공포를 자아내고 있었다.

그것이 그의 마지막이었다.

"크아아아악!"

"미, 미친! 끄아아아!"

제7군단장 자메오, 제16군단장 비르제노 역시 흑암과 함께 소멸을 맞이했다.

월켄이 미친 듯이 웃고 있었다.

"크흐흐흐! 무식한 놈!"

수호자는 보고 있었다.

초월자를 게걸스럽게 먹어 치운 소름 돋는 어둠이 증식에 증식을 거듭하며 한 인간의 모습으로 화하는 것을.

대마도사(大魔道士).

끝 모를 어둠의 장막, 헤아릴 수 없는 미지의 권능을 드리운 채로 루인은 처참한 전장을 바라보고 있었다.

그는 머나먼 곳, 거대하고 흉측한 붉은 벌레들을 향해 알 수 없는 주문을 웅얼거렸다.

꾸르르르르르릉!

광대무변한 흑암은 진멸하며 곧장 나아가더니 참혹하게 벌레를 짓이겼다.

그렇게 세상의 종말을 일으킬 것만 같은 대파멸(大破滅)이 시작됐다.

군단(軍團)이 초원과 함께 소멸되고 있었다.

수호자 드베이안은 털썩 쓰러지고 말았다.

그것은 한 명의 인간, 결코 피조물에게 허락된 힘이 아니었다.

신의 전능(全能)을 마주한 것만 같은 초현실.

힘겹게 정신을 차린 시르하가 어이가 없다는 듯이 웃고 있었다.

"뭔가 대단할 거라고 짐작은 했는데…… 마치 이건 신(神) 같잖아?"

이건 초월자의 신위가 아니었다.

무한대에 가까운 초월자의 권능으로도 이런 파멸적인 재앙은 구현해 낼 수 없는 것.

그렇게 흑암은 공포와 같이 세상을 잠식하여 모든 것을 먹어 치우고 말았다.

그 드넓은 초원이 완벽한 무(無)의 세계로 변한 것이다.

마침내 루인의 시선이 다다른 곳.

마도 문명의 창시자이자, 세상을 악으로 드리운 존재.

악제 테아마라스.

그가 형용할 수 없는 감정을 드러낸 채로 루인을 향해 걸어
오고 있었다.

인류사의 종언(終焉).

종말의 기운이 현세에 재림하고 있었다.

테아마라스.

인간 문명 최초로 마도(魔道)라는 개념을 설파한 존재.

은막의 뒤에서 인간의 마도 문명을 조종해 오며 수도 없는
업적을 남긴 위대한 선각자.

그러나 루인은 그런 그의 위대한 이면(裡面)에 존재하는
정반대의 비틀리고 추악한 양면성을 느끼고 있었다.

그것은 지혜의 저주.

우주적 진실에 도달하기 위한 한 인간의 뒤틀린 갈망.

실체를 실체 그대로 바라보지 않고, 자신의 아집과 철학,
삐뚤어진 신념으로 받아들인 어리석은 선각자가 비루하게

서 있었다.

악제(惡帝)는 사라진 자신의 군단을 응시하며 읊조리듯이 입을 열었다.

"그들의 영혼을 물질계와 분리시킨 것인가?"

수많은 인간들의 영혼에 심어 놓은 자신의 치밀한 청염(青炎)이 완전하게 소멸됐다.

이해할 수 없었다.

인간의 육체와 영혼이란 결국 물질계를 벗어날 수 없다는 것이 마도의 상리.

더구나 자신의 청염마저 모두 소멸했다는 것은 우주적 질서의 근간, 즉 섭리에 위배되는 일이었다.

"……어떻게 그럴 수가 있는 거지?"

악제에게 눈앞의 루인, 대마도사는 우주 만물을 창조한 창조주만큼이나 설명할 수 없는 존재였다.

엄연히 살아 있는 생명이며 고작 인간일진대 그는 아무렇지도 않게 세계의 율(律)을 벗어나 있었다.

아득한 심연, 무저갱과 같은 완벽한 그의 흑암(黑暗).

그것은 마치 원래 그랬던 태초처럼, 질서와 섭리 밖에 존재하는 끝 모를 미지 그 자체였다.

초인, 초월자 따위의 구분은 더 이상 그에게 무의미했다.

악제는 도대체 그의 마도를 구성하고 있는 근원이 무엇인지 궁금해 미쳐 버릴 지경이었다.

"나에게도 알려 달라! 네 존재는 무엇을 증거하는가! 무엇을 위해 스스로 자존(自存)하는가!"

대마도사는 감정 없는 얼굴로 무심한 입술을 달싹였다.

"인간."

"뭐?"

인간을 가장 벗어나 있는 존재가 인간을 위해 스스로 자존한다?

형용 모순, 성립될 수 없는 논거에 악제는 삐딱하게 고개를 기울였다.

"이해되지 않는다."

루인은, 대마도사는 웃었다.

저 악제가 그토록 궁금해하는 자신의 근원이란 오래전에 죽어 간, 그리고 앞으로 살아갈 인간들의 염원이었다.

대마도사의 삶을 증거하는 모든 것들은 결국 종(種)을 이어 가고자 하는 영혼들의 염원.

"그 어둠……."

악제는 일그러진 표정으로 대마도사의 어둠을 노려보고 있었다.

스멀거리는 공포.

그것은 마치 그 어떤 마도의 이론으로도 설명할 수 없는 태초(太初)의 단면처럼 모호했다.

"그저 어둠이지."

"어떻게 인간이 태초의 힘을……?"

우주 만물을 창조한 오롯한 전능자의 고유 권능.

그것은 분명 빛이 존재하기 이전부터 존재해 온 완벽한 태초의 어둠이었다.

그 순간.

"설마…… 네놈은……!"

모호한 창조주.

그는 몇몇 뛰어난 초월자들에게 자신의 권능, 하늘 광선이라는 절대적인 힘을 나누어 주어 그들로 하여금 세계의 질서를 유지하게끔 유도했다.

'존재'들이 인간 문명의 신으로 군림할 수 있었던 근원적인 힘.

분명 저 대마도사의 어둠은 그런 태고의 섭리와 맞닿아 있었다.

그때.

"섭리란 없다."

대마도사의 스스럼없는 단언에 온 영혼이 부서지는 듯한 충격에 휩싸인다.

악제의 두 눈이 튀어나올 것처럼 충혈됐다.

"네, 네놈! 지금 무, 무슨 말을!"

"당신이 질서라고 믿고 있는 모든 것들은 그저 자연이다. 원래 그랬던 것. 도태되고 진화하는 과정 속에서 탄생한 우주의 구조적인 산물. 이 루인의 근원, 인류의 마도란 이 유일하고 단순한 진리로부터 비롯된다."

이 광활한 우주, 그 장구한 출발이 창조주의 의지에서 비롯된 섭리가 아니라는 것.

그것은 그동안 악제가 믿어 온 지성, 신앙처럼 여겨 온 그의 마도를 송두리째 부정하는 말이었다.

"당신을 괴롭혀 온 우주적 존재의 실체란 원래부터 존재하지 않는 것이다."

허공에 점(點)이 생겨난다.

점은 선(線)이 되고, 선은 구붓하게 나아가 원(圓)이 되며, 원은 무량대수의 도형(圖形)으로 변화해 갔다.

끝도 없이 이어지는 분화.

그렇게 작은 점에서 출발한 변화는 이내 모든 만물로 진화하고 있었다.

"이것은 변화, 그리고 진보다. 또한 향상이며 끝 모를 진화다. 그래서 완전한 것이란 없다. 이 순간에도 나아가고 있기 때문이다."

악제는 그 모든 대마도사의 주장이 모순적으로 들렸다.

창조주로부터 태초의 어둠을 이어받은 자가 섭리의 존재를 부정하다니!

"성립될 수 없는 모순이다! 아무런 가치도 될 수 없는 무의미한 마도다!"

"완벽한 존재, 섭리를 관장하는 무언가가 존재할 거라는 믿음은 무척 편리하다. 무한(無限), 절대(絶對), 유일(唯一)…… 이런 형이상학적인 것들이 존재할 거라는 편리한 믿음. 해석할 수 없는 본질, 닿지 않는 영역의 지혜로부터 지금까지 당신은 도망쳐 온 것이다."

자신의 마도를 고작 사고로부터 도피해 온 세월이라고 주장하고 있는 대마도사.

그러나 악제는 단언했다.

자신은 분명 그런 편의적인 인간의 본성을 거부하며 끝없이 진리를 추구해 온 마도 문명의 구도자였다.

"해석되지 않는 모든 것들을 그저 창조주의 장난질이라고 믿어 버린 것이 당신의 알량한 마도. 당신은 애초에 존재하지도 않은 창조주의 화답을 바랐고 결국 이 세계에 지옥을 만들었다. 창조주의 화답? 이 내가, 루인이 직접 해 주지."

대마도사가 수인을 뻗는다.

그러자 저 광활한 하늘에서 기이한 공명음과 함께 무언가가 열렸다.

머나먼 차원의 건너편에서 새카맣게 죽은 대지가 보였다.

"……마계(魔界)?"

순간, 수천 명의 인간들이 새하얀 빛살처럼 타오르며 승천하고 있었다.

그들 각각의 권능을 느끼며 악제는 온몸으로 전율했다.

첫 인간 사히바.

패왕 바스더.

불사의 군주, 제란.

환영의 군주, 기메아스.

그밖에 수없이 승천하고 있는 초월자들.

대륙 곳곳에 흩어져 있던 가변세계의 영웅들이 권능을 회복하며 마계로 진입하고 있는 것이다.

그즈음부터 악제, 테아마라스의 사고는 완전하게 붕괴되고 있었다.

아무렇지도 않게 차원의 통로를 만들어 버린 미지의 힘을, 한꺼번에 초월자들의 권능을 회복시킨 초현실적인 마도를 해석할 수 없었기 때문이다.

"저들이 어떻게……!"

"그들 모두가 내 뜻에 동참했다. 그들은 당신처럼 비틀리고 추악한 신념을 지닌 마계의 존재를 소멸시킬 것이다. 다시는 그 추악한 갈망을 인간과 함께 공유하지 못하도록 만들 것이다."

"발카시어리어스……?"

놈이 원흉이었다.

혼란스러운 테아마라스의 마음을 파고들어 끊임없이 세뇌하고 타락시켜 온 마계의 절대악.

또한 더 용서할 수 없는 것은, 놈이 초월자들의 권능을 봉인한 당사자이기 때문이었다.

마치 신과 같은 절대자, 창조주의 권능을 행사하고 있는 듯한 루인의 모습에 악제가 몸서리치며 뒷걸음질 쳤다.

"네놈은 도대체 무엇이냐! 정말 창조주란 말인가?"

"창조주?"

대마도사의 건조한 웃음에 악제는 더욱 발악적으로 외쳤다.

"그, 그럼 가변세계는 무엇이냐! 초월자를 가뒀던 창조주의 의지는 무엇이란 말이냐!"

그때, 인류의 신(神)들이 나타난다.

주신 알테이아.

전쟁의 신 헤타르아.

대장장이의 신 이알스토.

천둥의 신 고르만.

파도의 신 나베르.

숲의 신 록투아.

미의 여신 엘세스.

루인의 의지에 의해 힘을 되찾은 인류의 오랜 신들이 모두 한자리에 나타난 것이었다.

악제는 더욱 멍해지고 말았다.

자신과 협력하기로 했던 신들마저 알테이아와 함께 걸어오고 있었기에.

주신 알테이아의 허무한 눈동자가 루인을 향한다.

"가변세계는 우리의 의지였어요."

순간 악제의 얼굴이 기괴하게 일그러진다.

그것은 첫 인간 사히바의 동의 없이는 결코 불가능한 일.

"……."

분명 같은 종류의 의문과 허무를 공유해 온 존재라고 믿었는데 그에게조차 완벽하게 속아 버렸다.

비로소 끝이라는 생각에 모든 어지러운 상념들이 잦아든다.

그러나 단 한 가지, 끊임없이 마법사의 영혼을 속삭여 오는 의문.

"정말 그대는…… 창조주가 아니란 말인가……? 어째서 그런 초현실적인 권능이…… 존재할 수 있는 거지……?"

대마도사는 화사하게 웃었다.

"인간이라는 종의 합치된 지성, 그 모든 총아(寵兒)다. 내 존재, 내 근원은 그들에 의해 탄생했다."

그뿐만이 아니었다.

마신 쟈이로벨의 초월적인 지혜와 초대 사자왕이 남겨 준 심득, 그리고 동료들과 함께 성장한 세월이 만들어 준 권능이었다.

문득 루인이 인류의 신들을 물끄러미 바라봤다.

"모두 동의한 것인가?"

천천히 고개를 끄덕이는 주신 알테이아.

"네. 동의했어요. 당신의 뜻에 따르기로."

오히려 평온해 보이는 신들의 표정에 비로소 루인은 안심
했다.

잠시 후 루인은 영검을 꺼내 브라가를 소환했다.

<으음……>

물질계에 현신한 브라가는 무감한 시선으로 신들을 훑고
있었다.

가변세계에 갇히지 않기 위해 선택한 최후의 수단, 영계.

그 실질적인 원흉들이 눈앞에 있는데도 이상하게 브라가
는 화가 나지 않았다.

<뭐, 다 같이 공평해서 좋군>

브라가 또한 동의의 뜻을 루인에게 보냈다.

악제, 테아마라스가 의문을 가득 품은 눈으로 루인을 쳐다
보고 있었다.

"네놈! 지금 무얼 하려는 거지?"

"진화."

루인의 건조한 대답에 고개를 삐딱하게 기울이던 악제가
뭔가 깨달은 듯 경악했다.

"설마! 네놈은……!"

가변세계의 초월자들은 모두 마계로 떠났다.

남은 초월자들은 이곳에 모인 자들이 전부.

"우리는 진화의 여정 중에 탄생한 자연의 오류이자 특이점이다. 언제든지 종(種)의 절멸을 부를 수 있는 존재들. 이 변수를 나는 인류로부터 제거할 것이다."

"동의해요."

"동의한다."

신들이 고개를 끄덕이자 악제는 더욱 처절한 외침을 발했다.

"마, 말도 안 돼! 지성은 언제고 다시 진화한다! 마도의 토대는 결코 사라질 수가 없다!"

"물론 이 세계를 마나로부터 유리(遊離)할 것이다."

"뭐……?"

어떤 마력도 투기도 존재할 수 없는, 마나 문명의 삭제.

그 순간, 광활한 하늘에 거대한 육망성이 펼쳐지더니 그대로 지상으로 스며들었다.

한 인간의 강렬한 의지, 대마도사의 낙인(烙印)은 그렇게 물질계의 마나를 모조리 흡수하며 사라져 버렸다.

쟈이로벨이 루인의 영혼으로부터 튕겨 나왔다.

〈 홍. 마계는 건들지 마라. 〉

"뭐. 그건 마족들이 선택할 문제니까."

거대한 차원의 통로가 닫히고 있었다.

저 균열이 모두 닫힌다면 다시는 마계로 돌아갈 수 없다는 것을 쟈이로벨은 이미 알고 있었다.

이제는 대악신 발카시어리어스조차도 대마도사가 펼쳐 놓은 결계를 뚫고서 차원 통로를 연결할 순 없었다.

-네놈. 그동안 꽤 즐거웠다.

그 순간.

태곳적 흑암(黑暗)이 촉수처럼 모든 초월자들의 몸에 달라 붙었다.

유일하게 악제만이 권능을 일으켜 미친 듯이 대항했지만 그 힘은 너무도 미약한 것이었다.

-끄아아아아아──!

인류를 파멸로 이끈 악마의 최후치고는 너무도 허망한 순간.

대마도사는 부드러운 미소와 함께 흑암으로 빨려 가는 신들과 조용히 눈인사를 나누고 있었다.

마침내 최후의 순간은 대마도사에게도 찾아왔다.

한데 그때.

마지막 순간, 새파랗게 타오르는 쟈이로벨의 강림체가 루인의 시야에 담겼다.

〈제자에게 주는 선물이다.〉

자기 희생 주문.

공허의 차원에서의 마신의 존재력을 소멸시켜 가며 자신을 회귀시켜 주었던 그의 선택이 이번 생에서도 반복된 것이었다.

어둠에 반쯤 잠식당한 채로, 대마도사는 그렇게 중얼거렸다.

"빌어먹을 놈……."

Epilogue

따사로운 햇살이 사자성의 정원을 비추고 있을 때.

"대공자 님. 아길레이옵니다."

"들어와."

하녀들과 함께 깨끗한 목욕물과 대공자의 의복을 손에 걸치고 나타난 아길레.

한데 아길레는 눈에 띄게 당황하고 있었다.

여느 때와는 달리 이미 루인이 대공자의 예복을 말끔하게 차려입고 있었기 때문이었다.

대공자가 모든 예복을 차려입을 때까지 아무 시중도 들지 못했다는 건 집사로서 있을 수 없는 일.

이내 아길레가 황급히 몸을 숙이며 자신의 죄를 청했다.

"이 불충한 신하에게 형벌을 내려 주십시오!"

"형벌이라……."

대공자 루인의 무심한 눈빛.

고작 열 살에 불과한 나이가 믿기지 않을 정도로, 그 근엄한 표정이 소름이 돋을 지경이었다.

어느새 대공자 루인은 알 듯 모를 듯한 미소로 웃고 있었다.

"어머니는 어디에 계시느냐."

"저, 정원에 나와 계십니다!"

그 즉시 대공자 루인은 고아한 걸음으로 밖을 나섰다.

하인들과 함께 햇살을 맞으며 정원을 손질하고 계신 어머니.

그 아리따운 미소가, 그 살가운 표정이 화인처럼 눈에 담겼다.

"어머니……."

"형아!"

쪼르르 달려와 무릎에 안기는 귀여운 아이.

이제 보니 이 꼬마는 그 희미한 시절의 앙증맞고 귀여운 데인이었다.

어이가 없고 또 기쁘기도 해서 녀석을 번쩍 안아 들었다.

"하하하!"

"으악! 형아 무서워!"

그때.

붉은 장포를 펄럭이며 다가오는 거대한 기사가 있었다.

전시가 아님에도 완벽한 무장으로 나타난 사자왕(師子王) 카젠은 육중한 중검을 정원에 꽂으며 아들들을 향해 일갈했다.

"대공자는 이리 오라!"

"……."

거친 수염의 사자왕, 아버지의 젊은 시절을 마주한 루인은 마치 울음을 터뜨릴 것만 같은 얼굴을 하고 있었다.

"어제 가스토가(家)의 검투회에 참여하지 않은 이유가 무엇이냐!"

"아버지……."

"감히! 지금 가주의 면전에서 눈물을 보이려는 것이냐!"

루인은 웃었다.

여느 때보다 환하게.

"그게 아니라 이제 아버지는 큰일 난 것 같습니다만."

"뭐라?"

루인의 눈동자가 느릿하게 움직이더니 이내 정원에 꽂힌 중검을 가리킨다.

"또 정원을 망가뜨리셨군요. 아마 이번엔 그냥 넘기시기 힘들 겁니다."

그 순간 뾰족하게 들려오는 어머니 레체아의 비명 소리.

"꺄아아아악! 지금 뭐 하는 짓이에요!"

"아, 아니 그게!"

갑주를 출렁이며 냅다 도망치는 사자왕.

저 멀리 소에느가 보였다.

루인이 싱긋 웃으며 고모에게 손을 흔들었다.

<완결>